VQ

W0024728

Sarah Bosetti ist eine Erfindung ihrer Eltern. Seit 1984 ist sie anwesend, halb Mensch und halb Frau, studierte zunächst Filmregie in Brüssel und zog dann nach Berlin, wo sie sich seither zur Ersparnis eigener Heizkosten im Scheinwerferlicht der Slam-, Lese- und Kabarettbühnen wärmt und 2013 mit ihrem Team »Mikrokosmos« deutschsprachige Vizemeisterin im Poetry Slam wurde.
Neben Auftritten in der ARD, auf 3sat, ZDF.kultur und im WDR ist sie Kolumnistin bei radioeins (RBB) und Mitbegründerin der Berliner Lesebühne »Couchpoetos«. Ihre Bücher heißen »Wenn ich eine Frau wäre« und »Mein schönstes Ferienbegräbnis«. Würden die Bücher »Ernesto« und »Julia« heißen, wären sie wohl in der Schule weniger gehänselt worden.

Sarah Bosetti ist im gesamten deutschsprachigen Raum regelmäßig live auf der Bühne zu erleben.

Alle Live-Termine: www.sarahbosetti.com

Verlag Voland & Quist OHG, Dresden und Leipzig, 2015

Korrektorat: Sabine Tuch
Umschlaggestaltung: Sarah Bosetti
Satz: Fred Uhde
Druck und Bindung: C.P.I. Moravia, Czech Republic

www.voland-quist.de

Sarah Bosetti

Mein schönstes Ferienbegräbnis

Roman

Voland & Quist

Für meine Mutter und meinen Bruder

ANFANG

Der Hamster ist tot.

Ich weiß gar nicht, wie ich das finden soll. Ich gucke meinen Hund an, aber der weiß es auch nicht. Ratlos sitzt er neben mir und guckt fragend zurück. Wahrscheinlich will er vor allem wissen, ob ich das gute Essen nun einfach wegzuschmeißen gedenke. Reglos liegt der Hamster in seinem Rad und sieht aus, als sei er bloß des Laufens müde geworden. Vielleicht stimmt das ja sogar. Oder er war es leid, dass mein Hund Tag und Nacht jaulend vor seinem Käfig saß.

»Sarah, hörst du mir überhaupt zu?«, fragt Ulf und reißt mich aus meinen Gedanken.

»Klar«, sage ich und drehe mich zu ihm um. »Aber willst du wirklich Mau-Mau entscheiden lassen?«

»Wieso nicht?«, fragt er. »Wenn ich gewinne, gebärst du mir ein Kind, und wenn du gewinnst …«

»… gebärst du mir eins?«

»Nein, aber ich mache dir eins.«

Ich gucke Ulf zweifelnd an. Wir spielen schon seit zwei Stunden das einzige Kartenspiel, das wir beide kennen, und Ulf hat eindeutig mehr Spaß als ich. Inzwischen gehören ihm mein gesamtes Geld, mein Computer, mein Körper, mein Hund und mein Versprechen, die nächsten zwanzig Jahre den Abwasch zu machen. Und jetzt das.

Ich setze mich wieder an den Küchentisch, von dem ich aufgestanden bin, als das Hamsterrad aufgehört hat zu quietschen.

»Ich dachte nur, ein Kind wäre vielleicht nett«, sagt Ulf und sieht ein bisschen traurig aus. Nebenbei fängt er an, aus den Spielkarten ein sechsstöckiges Kartenhaus zu bauen. »Glaubst du nicht?«

Nein, glaube ich nicht. Die alte Frau von gegenüber nimmt immer unsere Päckchen von der Post an, wenn wir mal wieder zu faul sind, dem Postmann die Tür aufzumachen. Das ist nett. Kinder nehmen keine Päckchen von der Post an, also sind sie auch nicht nett. So einfach ist das.

»Doch, doch, du hast schon recht«, sage ich, um ein wenig versöhnlich zu klingen. »Ein Kind mit meinen Augen und deinen Ohren wäre wirklich sehr hübsch. Aber was, wenn etwas schiefläuft und das Kind stattdessen deine Augen und meine Ohren bekommt?«

»Was stimmt denn nicht mit meinen Augen?«, fragt Ulf misstrauisch.

»Oder es bekommt von jedem ein Auge und von jedem ein Ohr«, sage ich schnell. »Vielleicht wachsen ihm auch Ohren, wo Augen sein sollen, und Augen, wo Ohren sein sollen. Oder es wird so ein IKEA-Kind, das immer ein bisschen schief steht und so sehr wackelt, wenn man dagegen stößt, dass alle Bücher runterfallen. Und dann müssten wir es Billy nennen. Wer will schon ein Kind, das Billy heißt?«

Ulf guckt mich an, als sei ich plötzlich verrückt geworden.

»Na ja, so schlimm finde ich den Namen jetzt auch wieder …«

»Ich aber!«, unterbreche ich ihn. »Und auch wenn wir es genau nach Anleitung aufgebaut hätten, blieben am Ende noch ein paar Finger übrig, von denen wir nicht wüssten, was wir mit ihnen anfangen sollen. Deshalb steckten wir sie dem Kind in die Ohren, die ja obendrein da wären, wo eigentlich die Augen hingehörten. Wie sähe es denn dann aus, unser Kind?«

»Sehr witzig«, sagt Ulf. »Aber jetzt mal im …«

»Genau«, sage ich. »Sehr witzig sähe es aus. Und gehänselt würde es, was es wegen der Finger in den Ohren natürlich nicht hören könnte, und sehen würde es auch nichts, weil die Augen ja rechts und links am Kopf säßen, wo immer die Haare drüberwüchsen, so dass es ständig gegen Wände liefe. Willst du wirklich ein Kind in die Welt setzen, das ständig gegen Wände läuft?«

Ulf sieht mich betreten an.

»Du willst kein Kind von mir, oder?«

Eigentlich ist es nicht so, dass ich kein Kind will. Mein Verhältnis zum Kinderkriegen ist in etwa so wie zum Ausdrücken eines besonders prallen Pickels: Ein kleiner Teil von mir kann sich kaum zurückhalten, aber der restliche und bedeutend größere Teil stellt die berechtigte Frage: Wohin mit dem, was da rauskommt? Doch sogar ich weiß, dass das kein schöner Vergleich ist und dass ihn auszusprechen den Zauber des Moments zerstören könnte.

Ulf baut noch immer an seinem Kartenhaus. Das Konstrukt ist längst ein Ding physikalischer Unmöglichkeit geworden. Als ihm die Karten für sein Hochhaus ausgehen, stapelt er mit Tassen und Gläsern weiter. Dann steht er auf und wuchtet drei Teller, den Salzstreuer und die Pfeffermühle auf die Karten. Schließlich greift er in den Poststapel und klemmt einen gelben Brief so zwischen die Gewürze, dass dieser zu einem runden Dach gebogen wird. Ich bin einigermaßen beeindruckt. Ulf schaut mich durch sein vollendetes Geschirr-Gewürz-Kartenhaus an und schnippt dann eine der unteren Karten weg, so dass sein architektonisches Meisterwerk scheppernd und klirrend einstürzt. Manchmal hat er eine sehr kindliche Art zu protestieren.

Ich halte mir die Arme vor das Gesicht, um die Trümmer abzuwehren.

»Was ist das überhaupt?«, frage ich dann und deute auf den gelben Brief, der zwischen den Scherben und Spielkarten zu Boden segelt.

»Ach ja, du hast Post«, sagt Ulf, hebt den Brief auf und legt ihn vor mir auf den Tisch. Der Umschlag ist ohne Absender. Darauf klebt eine Briefmarke mit der Abbildung eines entschlossen blickenden Mannes, den ich nicht kenne, und Worten in einer Schrift, die ich nicht lesen kann. Ich frage mich, wo man so schreibt. Irgendwo im Osten, glaube ich. Der Zettel knistert zwischen meinen Fingern, als ich ihn aus dem Kuvert hole. Dann starre ich auf die wenigen krakeligen Sätze darauf.

»Von wem ist der Liebesbrief?«, fragt Ulf, während er die Spielkarten vom Boden aufsammelt.

»Mein Vater ist tot«, sage ich.

Ulf legt die Karten ab, die er gerade in der Hand hält, umrundet mit drei großen Schritten den Tisch und nimmt mich in den Arm.

Ich finde das sehr nett von ihm. Und sehr vorbildlich. Er tut, was von ihm erwartet wird. Also tue auch ich, was von mir erwartet wird, und weine ein bisschen. Ich kann das, einfach so weinen. Es funktioniert jedes Mal. Dabei bin ich mir gar sicher, ob ich wirklich traurig bin. Aber Weinen ist wie Niesen: Ab und zu muss es mal raus.

Ich lese noch einmal den Brief.

»Dead your father is«, steht da. Kurz stelle ich mir vor, wie Meister Yoda diesen Satz aussprechen würde, und muss unter den Tränen fast lachen. Ich weiß nicht, was in meiner Erziehung falsch gelaufen ist. Ich muss immer lachen, wenn jemand stirbt. Noch durch keine Beerdigung naher oder ferner Verwandter habe ich es geschafft, ohne irgendwann albern zu kichern.

Tot mein Vater ist. Ich weiß gar nicht, wie ich das finden soll. Tot war er noch nie. Sehr erkältet war er mal, weil er den Kopf aus dem fahrenden Auto gehalten hat, um seine Haare zu trocknen. Danach lag er ein paar Wochen im Krankenhaus, weil er nebenbei das Auto gegen die Leitplanke gesteuert und sich eine Rippe angeknackst hat. »Was hast du, meine Haare sind doch trocken!«, sagte er zu meiner Mutter, die sich damals noch genug für ihn interessierte, um ihn am Krankenbett zu besuchen. Womit er recht hatte. Jedenfalls noch zehn Sekunden lang. Dann leerte meine Mutter die Bierflasche, die sie für ihn ins Krankenhaus geschmuggelt hatte, über seinem Kopf aus. Und jetzt ist er also tot. Das ist neu. Und ich weiß nicht, wie ich es finden soll. Vorsichtshalber runzle ich die Stirn, um mir selbst das Grinsen auszutreiben.

Da Weinen nach einer Weile recht eintönig wird, beschließen Ulf und ich nebenbei weiterzuspielen. »Um die Zeit totzuschlagen«, sagt Ulf und beißt sich dann vor Schreck auf die Lippe. Ich gucke gebührend empört und teile die Karten aus. Dann verliere ich ein Spiel nach dem anderen, weil ich unter all den Tränen die Spielkarten nicht richtig erkennen kann. Ulf sitzt mir gegenüber und versucht seine kindliche Gewinnerfreude unter einer Maske mitfühlender Trauer zu verbergen. Was ihm nicht so recht gelingen will. Nach zwei weiteren Spielen gehören ihm auch noch die Filmrechte an meiner Lebensgeschichte und jedes einzelne meiner Familienmitglieder als Leibeigene.

»Jedes *lebendige* Familienmitglied«, sage ich, um nicht den Eindruck aufkommen zu lassen, ich wolle meinen frisch verstorbenen Vater beim Kartenspiel setzen. Beim Gedanken daran muss ich schon wieder grinsen. Ulf guckt mich verstört an. Ich bin ein schlechter Mensch.

»Lass uns aufhören«, sage ich schließlich, um den morbiden Moment zu überspielen. »Ich hab eh nichts mehr, was ich noch setzen könnte.«

»Doch«, sagt Ulf und guckt nicht mehr verstört, sondern plötzlich sehr ernst. »Ich will wirklich ein Kind von dir.«

Ich lache, dann schniefe ich, dann lache ich wieder. Dann kriege ich Schluckauf. Er wünscht sich also einen Thronfolger. Ich frage mich, wie er sich das vorstellt. Bumm, zack, flutsch, Kind da? Wenn es ein Junge wird, baden wir ihn in Elefantenmilch, wenn es ein Mädchen wird, schenken wir es den Nachbarn? »Nee. Ach. Nur ein kleines Dankeschön für die Bohrmaschine, die Sie uns beim Einzug geliehen haben. Was? Ja, ja, die kriegense auch bald zurück!«

Ulf sitzt mit großen Augen vor mir und guckt mich an. Gucken kann er gut. Ich gucke zurück und frage mich, wer wohl länger durchhält. Und wer von uns gespannter auf meine Antwort ist. Vor allem aber frage ich mich, wie merkwürdig dieser Tag wohl noch werden wird. Seit heute früh Annas Wehen eingesetzt haben, ist nichts mehr normal. Plötzlich hat sie ein Baby, ich einen toten Vater und Ulf das unerklärliche Gefühl, dies sei ein günstiger Moment für Familienplanung.

»Ein Kind ist ja schon ganz süß«, sage ich. »Aber es wird irgendwann zu einem Menschen. Und Menschen sind nicht süß, sondern die Parasiten dieses Planeten. Nazis sind Menschen. Und Diktatoren. Und deine Mutter. Wieso sollte man mehr Menschen in diese Welt setzen?«

»Ähm«, sagt Ulf. Das sagt er immer, wenn ihn meine Argumente in einen Zustand tiefer Bewunderung versetzen.

»Glaubst du wirklich, dass unser Kind so schlimm würde?« Er sieht ehrlich besorgt aus.

»Du meinst, unser Kind würde niemals ein Diktator werden?«

»Doch, doch«, sagt Ulf. »Das vielleicht schon. Vielleicht sogar Nazi. Aber glaubst du wirklich, es könnte so werden wie meine Mutter?«

Ich zucke mit den Schultern. Ulf guckt mich noch einen Moment lang an, dann seufzt er und geht aufs Klo. Ich weiß, dass ich unfair bin. Das Kind hätte unter seinen Genen weit weniger zu leiden als unter meinen.

Nachdenklich nehme ich den Brief wieder zur Hand und versuche mich zu erinnern, in welchem Land mein Vater zuletzt gelebt hat. Es lag bestimmt irgendwo im Osten.

Wenn jemand stirbt, sagen Hinterbliebene oft, sie erwarteten jeden Moment, dass der Verstorbene wieder zur Tür hereinkäme. Ich erwarte nicht, dass mein Vater zur Tür hereinkommt. Allerdings habe ich das auch letzte Woche nicht erwartet, als er noch nicht tot war. Und: Ich habe recht behalten. Er wusste ja auch gar nicht, wo ich wohne. Das macht es natürlich wahrscheinlicher, dass er jetzt zur Tür hereinkommt. Wahrscheinlicher jedenfalls als letzte Woche, wo er doch inzwischen sicher eine Art Google-Earth-Sicht auf die Welt hat und mich irgendwie orten könnte. Aber warum sollte er?

Tot mein Vater ist. So richtig gut finde ich das nicht. Gestern war er einfach nur nicht da. Heute ist er plötzlich tot und damit doch irgendwie wieder zur Tür hereingekommen. Dabei habe ich ihn gar nicht eingeladen. Es ist, als säße er mit mir am Küchentisch und sähe mich ebenso fragend an wie gerade noch Ulf. Aber wäre mein Vater wirklich hier, würde er mich nicht fragend ansehen. Er würde Ulf fragend ansehen. Wahrscheinlich würde er ihm sogar einen Kübel Eiswasser über den Kopf schütten, um ihn wieder zur Vernunft zu bringen. Niemand mit klarem Verstand will ein Kind von mir. Mein Vater wusste das. Ulf weiß es nicht.

Ich lasse meinen Kopf auf die Tischplatte sinken.

»Ich geb dir eine Pinkelpause Nachdenkzeit«, ruft Ulf durch die sich schließende Klotür.

Träge hebe ich den Kopf und beneide Ulf ein bisschen um seine Begeisterungsfähigkeit. Dann fällt mein Blick wieder auf den toten Hamster. Er hauste in einem alten Gipsarmgips, den Ulf in einen großen Käfig gelegt hat. Eine ganze Woche hat er überlebt. Ich finde das sehr lang.

Schließlich wende ich meinen Blick von dem traurigen Schauspiel ab und fasse einen Entschluss. Ich drehe den Zettel um, schreibe auf die Rückseite: »Bin kurz Zigaretten holen«, lege ihn auf den Küchentisch und verlasse unsere Wohnung.

Wahrscheinlich sollte ich dableiben und Ulf erklären, warum er kein Kind von mir will. Aber da müsste ich ziemlich weit ausholen. Was den Menschen fehlt, ist ein »Was bisher geschah«-Knopf. Den könnte man einmal drücken und wüsste alles, was war. Nicht selten würde es einen davor bewahren, wissen zu wollen, was noch kommen wird.

Was
bisher
geschah

1

Ich war ein hässliches Kind.

Aus blutunterlaufenen Augen stierte ich in die Welt, und aus grauenerfüllten Augen stierte die Welt zurück. Das gefrorene Lächeln der in meinen Kinderwagen lugenden Köpfe hielt ich für den einzig existenten Gesichtsausdruck. Immer wieder hob meine Mutter mich im Stadtpark aus dem Wagen, streckte mich arglosen Rentnern entgegen und fragte: »Wollnsema halten?«

Doch niemand wollte.

Die Rentner entschuldigten sich wortreich und flohen in die Arme hübscherer Kinder, die ihnen ihrer Liebkosung würdiger erschienen. Meine Mutter und ich jedoch blieben zurück, kicherten albern und zählten Punkte: einen für jede vor Ekel gerümpfte Nase, zehn, wenn wir jemanden zum Weinen brachten. Manchmal machte meine Mutter von den versteinerten Gesichtern sogar Fotos, die sie sorgfältig aufbewahrte und zu jedem Weihnachtsfest aus der Schublade holte.

Schon nach kurzer Zeit begleitete uns auf unseren Spaziergängen ein ängstliches Raunen und Flüstern. Wir waren Billy the Kid, und der Park war unser Saloon. Wenn wir ihn betraten, erstarb das

Quaken der Enten, die Rentner flohen ins Unterholz, und ein eisiger Wind fegte durch die verlassene Stätte.

Mein Vater war in dieser Zeit noch überwiegend anwesend, scheute sich aber aus verständlichen Gründen, mit mir aus dem Haus zu gehen. Stattdessen betrachteten wir in seinem düsteren Arbeitszimmer gemeinsam die Ergebnisse einer beeindruckenden Zahl an Vaterschaftstests. Und waren beide gleichermaßen erstaunt darüber, dass ein stattlicher Herr wie mein Vater für die Produktion eines unstattlichen Kindes wie mir mitverantwortlich sein sollte. Mein Vater war Professor an der örtlichen Hochschule, brauchte also mehr als ein Testergebnis, um unsere Blutsverwandtschaft als unumstößliche Wahrheit zu akzeptieren. Meiner Mutter erzählten wir von den Tests natürlich nichts. Mein Vater hatte Angst vor ihrer Reaktion, ich hingegen mochte die Vertrautheit, die unser gemeinsames Geheimnis zwischen uns schuf. Und Geheimnisse hatte mein Vater viele. Je älter ich wurde, desto mehr entdeckte ich. Irgendwann kannte ich sie alle. Dass er mich manchmal nicht mit dem Auto, sondern zu Fuß vom Kindergarten abholte, weil er seinen Führerschein erst in zwei Monaten wiederbekam. Dass er auf dem Heimweg immer einen kurzen Abstecher in die Dorfkneipe machte, während ich draußen Schmiere stand. Und dass er ab und zu gar nicht kam, weil er sich die Wochentage so schwer merken konnte. Ich hätte auch ohne Vaterschaftstest gewusst, dass ich seine Tochter war. Die Wochentage konnte ich mir auch nicht gut merken.

So verbrachte ich die ersten Jahre meines Lebens also zwischen den Schreckensschreien ältlicher Parkbesucher und den Ausdünstungen einer heruntergekommenen Kneipe. Beides nahm ich dankbar an, denn in beiden Fällen war ich als essentieller Faktor daran beteiligt, meine Eltern glücklich zu machen. Andere Kinder schafften das durch ihre bloße Anwesenheit, ich erschreckte eben Rentner und hütete Geheimnisse. Meine Eltern dankten es mir mit dem Gefühl, dass sie mich zwar nicht rundum gelungen, aber immerhin nützlich und unterhaltsam fanden.

Kurz: Ich hatte eine glückliche Kindheit.

Doch dann kam ich in die Schule. Die Pubertät eröffnete mir nicht nur neue Dimensionen grotesken Aussehens, sie nahm mir auch jeglichen Spaß daran. In meinem Inneren vollzog sich eine schockierende Wandlung: Ich wollte keine Rentner mehr erschrecken. Ich wollte plötzlich gemocht werden. Allerdings wurde natürlich nicht ich gemocht, sondern Julia. Und zwar jede der sechs Julias in meiner Klasse. Sie alle hatten Locken aus reinem Gold und Seelen aus reinem Stahl. Jeden Morgen begrüßten sie mich mit einem kumpelhaften Hieb auf den Rücken, der mich den ganzen Tag einen »Ich stinke«-Zettel spazieren tragen ließ. Natürlich durchschaute ich das Manöver schon beim ersten Mal, doch die freundschaftliche Begrüßung war es mir wert. Meine Mutter zupfte mir Tag für Tag die Zettel vom Rücken und legte sie stolz zu den Rentnerfotos in die Schublade. Manchmal beschlich mich der Verdacht, dass auch meine Mutter mal ein hässliches Kind gewesen war.

Mein Äußeres wandelte sich auf ähnlich schockierende Weise wie mein Inneres. Mit dem Eiter aus meinen Pickeln hätte man Schwimmbäder füllen können. Im Sportunterricht musste ich mich immer bei den Jungs umziehen, weil mir weder Lehrer noch Schüler glauben wollten, dass ich ein Mädchen war. Und selbst meine einzige Freundin Anna verbrachte die meiste Zeit damit, Papierkügelchen in die Lücke zwischen meinen Schneidezähnen zu schnippsen. Ich ließ sie gewähren und grinste sogar breit, damit sie besser zielen konnte, denn eigentlich war ich dankbar dafür, dass sich überhaupt jemand mit mir beschäftigte. Als ich dann mit dreizehn eine Zahnspange bekam, zerknickte auch der letzte Strohhalm, durch den ich mühsam soziale Luft geatmet hatte. Nicht nur katapultierte die Spange mich auf die nächste Ebene infantiler Unansehnlichkeit, sie schloss auch langsam, aber sicher die Lücke zwischen meinen Schneidezähnen und beraubte mich somit der einzigen Eigenschaft, die überhaupt jemand an mir schätzte. Ja, ich fristete ein trauriges und einsames Dasein. Es wäre das traurigste und einsamste Dasein an unserer Schule gewesen, hätte mich nicht ein Mensch selbst in dieser Disziplin geschlagen: Anna.

Annas Geschichte

Anna war ein hübsches Kind. Wo sie auch hinkam, kniffen ihr entzückte Rentner in die rosigen Wangen und schenkten ihr Süßigkeiten. Wenn sie lachte, lachten alle. Wenn sie weinte, lachten trotzdem alle, denn auch weinend war sie sehr hübsch. Und sie hatte eine reiche Mutter. Irgendwas mit Aktien oder mit berühmten Leuten machte ihre Mutter. Anna wusste es nicht. Es war ihr auch egal. Ihre Kindheit verbrachte sie in schönen und großen Häusern, durfte aber in keinem davon lange bleiben, weil ihre Mutter so gerne umzog. Vor allem in schöne und große Häuser zog ihre Mutter gerne, deshalb war jedes Haus, in das sie einzogen, schöner und größer als das vorherige. In jedem Haus wohnte ein anderer Mann, den sie »Papa« nennen musste, solange sie dort wohnten, und nicht mehr erwähnen durfte, sobald sie umzogen. Auch die Männer wurden von Haus zu Haus größer. Das Prinzip hatte Anna schnell verstanden und nannte fortan jeden Mann »Papa«, der sich in einem Haus befand, das sie zufällig gerade betrat. Vor allem, wenn es ein sehr großer Mann war. Ob Bäcker oder Schulleiter, Bankdirektor oder Hausarzt: Männer in Häusern hießen »Papa«. Ihre Mutter war von dieser Entwicklung nicht allzu begeistert und bat Anna, von nun an niemanden mehr »Papa« zu nennen. Anna fragte, wie sie denn dann bitte ihren richtigen Papa nennen solle, falls sie ihm eines Tages mal begegne. Ihre Mutter lächelte traurig. Keine Sorge, sagte sie dann und strich Anna durchs Haar, das passiere schon nicht. Aber wo sie gerade über Papas sprächen: Es sei mal wieder an der Zeit umzuziehen. Ihr letzter Papa sei nämlich nicht nur ein größerer Mann, sondern auch ein größeres Arschloch als alle vorangegangenen Papas gewesen. Ob Anna verstehe? Anna verstand. Eigentlich verstand sie natürlich nicht, aber sie nickte trotzdem.

Also zogen sie wieder um. Ihr neues Haus war sehr schön und sehr groß, fast schon eine Villa. Doch diesmal wartete kein Mann darin. Anna fand das nicht schlimm. Ihr war es ohnehin ein bisschen lästig gewesen, ständig neue Papas kennenzulernen. Besonders jetzt, wo die ersten Vorboten der Pubertät bei ihr anklopften. Sie wunderte sich nur ein wenig. Aber wahrscheinlich war ihre Mutter inzwischen einfach zu alt geworden für einen neuen Mann, dachte sie. Als sie den Gedanken ihrer Mutter mitteilte, brach diese in Tränen aus.

So landete Anna in meiner Stadt.

Sie war nicht nur meine einzige Freundin, sie war auch die Einzige, die es noch schwerer hatte als ich. Jeden Tag nach der Schule trafen wir uns, um uns ineinanders Selbstmitleid zu suhlen. Meist hockten wir in einem unserer Zimmer und spielten Tetris. Oder blätterten mit spitzen Fingern durch eine Bravo, die wir am Kiosk geklaut hatten, und dachten uns alternative und allesamt sehr blutige Enden für die Foto-Lovestorys aus.

An einem Dienstagnachmittag saßen wir in Annas Zimmer und husteten. Rauchschwaden waberten unter der schrägen Decke umher, der Boden war übersät mit Tabak- und Grasresten. »Einmal nur«, sagte Anna. »Einmal und nie wieder.« Ich sah sie an und musste lachen. Alle mussten lachen, wenn sie Anna ansahen. Weil sie riesige Brüste hatte. Mit dreizehn. Sie hatte sie mir gezeigt: Sie waren so groß, dass sie nicht mal mehr in ihre Hände passten. Ich fragte mich, wie sie das aushielt, so große Brüste mit sich herumzutragen. Im Sportunterricht musste sie beim Rennen immer die Arme verschränken, weil ihre Mutter ihr noch nicht erlaubte, einen BH zu tragen. Das gehöre sich nicht für ein Kind, sagte sie. Vor jedem Handstand steckte Anna umständlich ihr T-Shirt in die Sporthose, damit es ihr nicht über den Kopf rutschen konnte. Was alle Jungs in der Klasse sehr schade fanden. Und Herr Pallasch sowieso. Pädo-Pallasch, die Sau.

»Aus großen Brüsten folgt große Verantwortung«, sagte er einmal vor der ganzen Klasse zu ihr, als jeder seine Lieblingssportart nennen sollte. Alle lachten. Jedenfalls alle außer Annas Brüsten. Anna sagte, sie fände zum Beispiel Bodenturnen ganz gut. Herr Pallasch projizierte ein Bild von drei dürren Turnerinnen an die Wand und stellte Anna als Vierte daneben. »Findet den Fehler«, sagte er zur Klasse. Wieder lachten alle. Sogar Annas Brüste grinsten verlegen.

Ich hatte mich längst an ihre Brüste gewöhnt. »Hallo, ihr drei«, sagte ich immer, wenn wir uns trafen. Was sie nicht lustig fand, aber hinnahm, weil ich ihre einzige Freundin war. Nur zu Anfang machten mir ihre Brüste ein bisschen Angst, weil sie einfach nicht aufhören wollten, größer zu werden. Einmal träumte ich, dass sie immer weiter wachsen und Anna schließlich wie zwei Ballons in die Lüfte heben würden. Dann bekam ich selbst welche. Kleiner zwar und noch gut versteckt unter ausgebeulten Kapuzenpullovern, aber eindeutig vorhanden.

Nein, ich lachte nicht über Annas Brüste. Ich hatte keine Ahnung, worüber ich lachte. Vielleicht über die Nähnadel, die sie mir entgegenstreckte. Oder über ihren viel zu ernsten Blick. »Einmal nur«, sagte sie. »Wenn du's nicht machst, mach ich's selbst.« Ein paar Sekunden lang sahen wir einander ernst an, dann prustete ich wieder los. Schuld daran war unser jämmerlicher erster Versuch eines selbst gedrehten Joints, den ich in der Hand hielt. Nach der letzten Sportstunde hatte Anna plötzlich beschlossen, ein dreizehnjähriges Mädchen habe die Kunst des Kiffens zu erlernen, um in dieser Welt bestehen zu können. Jetzt ließ sie die Nadel sinken und warf genervt ein Papierkügelchen in Richtung meiner Schneidezähne, das aber an meiner Zahnspange abprallte. Sie vergaß immer, dass das nicht mehr ging. Kichernd reichte ich ihr den Joint.

»Wieso müssen wir eigentlich kiffen können?«, fragte ich.

»Aus großen Brüsten folgt große Verantwortung«, antwortete sie und nahm mir die Tüte aus der Hand.

»Pallasch ist ein Arschloch«, sagte ich.

»Ja, aber Pallasch hat recht.«

Natürlich hatte er das. Pallasch hatte immer recht. Anna kam in jede Disko rein. Sie konnte Alkohol kaufen. Sogar die Dealer boten ihr an dunklen Straßenecken Gras an. Niemand glaubte, dass sie erst dreizehn war. Wenn jemand aus unserer Klasse ein Problem hatte, fragte er »die drei« um Rat. Als wären Annas Brüste keine Brüste, sondern Ausbeulungen der Weisheit. Anna wusste, wie das geht. Anna hatte Ahnung. Die ganze Klasse glaubte, sie habe schon mal Sex gehabt. Was aber nicht stimmte. Außer in Pallaschs Kopf natürlich. Eine der Julias war einmal ohne zu klopfen in seine Umkleide gekommen und hatte ihn mit heruntergelassener Hose erwischt. In der freien Hand hielt er ein Bild von Anna. Am nächsten Tag wusste es die ganze Schule.

»Geh zum Direktor«, sagte ich. Anna zuckte mit den Schultern.

Anna hatte keine Ahnung, schon gar nicht, was sie tun sollte. Anna hatte nur Brüste.

Sie streckte mir erst die Tüte und dann wieder die Nähnadel entgegen. »Im Ernst jetzt«, sagte sie. »Stich zu. Vielleicht platzen sie ja.«

Einige Sekunden lang passierte gar nichts. Die Nadel, Anna und ich starrten uns an. Dann musste ich schon wieder grinsen.

»Ach komm, das meinst du nicht …«

Genervt verdrehte sie die Augen und rammte sich die Nadel in die linke Brust. Unsere Blicke trafen sich, mein Grinsen verblasste, dann wurden wir beide ohnmächtig. Während ich das Bewusstsein verlor, sah ich, wie die Zimmertür aufgestoßen wurde. Im Türrahmen stand Annas Mutter, das Gesicht erst wutverzerrt, dann erschrocken, dann panisch. Dann wurde alles schwarz.

Als ich wieder aufwachte, war Anna im Krankenhaus. Ironischerweise mit einer Platzwunde. Allerdings am Kopf, weil sie zuerst auf der Tischkante und dann auf dem Boden aufgeschlagen war. Ihre Mutter hatte sie in die Notaufnahme gebracht und mich zwischen den Tabak- und Graskrümeln liegen lassen. Weil ich so ein schlechter Umgang für sie sei und es nicht anders verdient habe, sagte sie. Aber ich war kein schlechter Umgang. Pallasch war ein schlechter Umgang. Er hatte ihr zwar nicht die Nadel in die Brust gerammt, aber jeder wusste, dass er ihr was anderes woandershin rammen wollte.

Drei Tage später war Anna wieder in der Schule. In der großen Pause standen wir hinter der Sporthalle und rauchten die Grasreste auf, die wir vor ihrer Mutter retten konnten.

»Tut's noch weh?«

»Geht so«, sagte sie, zog an der Tüte und hustete.

»Immerhin sind sie noch ganz.«

»Ja, stell dir vor, es wär nur eine von beiden geplatzt.«

Wir mussten lachen.

»Ich finde euch ganz gut zu dritt«, sagte ich. »Allein ist es doch langweilig.« Anna grinste, sah dabei aber eher melancholisch als glücklich aus. Plötzlich ließ sie die Tüte fallen, trat sie unauffällig aus und sprühte Deo in alle Richtungen. Dann sah ich, wieso. Herr Pallasch kam auf uns zu.

»Na, alle Ballons noch heil?«, fragte er.

Annas Hände verkrampften sich. Aber sie sagte nichts. Anna sagte nie was. Wie immer wünschte ich, sie würde sich wehren.

Und dann wehrte sie sich.

Ihre Hand schnellte nach vorne zwischen Herrn Pallaschs Beine. Einen absurden Moment lang dachte ich, sie würde ihm in den Schritt fassen, doch dann brüllte er auf vor Schmerz. Und als sie die Hand zurückzog, sah ich, dass vorne aus seiner dünnen Sporthose das Ende einer Nähnadel ragte. Er torkelte noch einige Sekunden wimmernd umher, dann wurde er ohnmächtig. Anna legte den Kopf schief.

»Hm«, sagte sie. »Aus der Perspektive gefällt mir das mit dem Ohnmächtigwerden schon besser.«

»Ja. Nur schade, dass er nicht geplatzt ist.«

Nach diesem Tag war Anna spurlos verschwunden. Sie kam nicht mehr in die Schule, und als ich sie besuchen wollte, war sie mit ihrer Mutter weggezogen. Wahrscheinlich in ein noch größeres und noch schöneres Haus. Ich fand das sehr schade. Aber immerhin kam auch Herr Pallasch nicht mehr zum Unterricht. Sein Penis schien ihm sehr wichtig zu sein.

Kurz überlegte ich, meinen Eltern die Geschichte von Anna und Pallasch zu erzählen. Meine Mutter hätte bestimmt gewusst, was zu tun war, aber meine Eltern waren während meiner Pubertät mehr miteinander als mit mir beschäftigt. Das war nicht immer schlecht. Wie zwei gut erzogene Kinder waren sie, denen man einen Kasten Lego gibt und die dann stundenlang alleine spielen. Sie waren einanders Lego. Und sie hatten so viel Spaß dabei, dass sie nicht stunden-, sondern jahrelang spielten. Außerdem waren sie wohl die Einzigen, die es schafften, mit Lego gegeneinander zu spielen. Ihr Spiel hatte komplizierte Regeln, die ich nicht vollends verstand, aber es begann immer damit, dass mein Vater sehr spät nach Hause kam, und endete meist damit, dass er sich auf das Sofa unter seine Wolldecke legte, die schon voller Brandlöcher war, weil er immer mit Zigarette in der Hand einschlief. Wahrscheinlich bedeutete das, dass meine Mutter gewonnen hatte, denn so hatte sie ja das große Bett für sich allein. Aber sie schien sich kaum über ihren Sieg zu freuen. Vielleicht hatte sie sich einfach schon an das Gewinnen gewöhnt. Sie war immer eine Kämpferin gewesen. Wenn sich ihre Augen verengten und die Ader an ihrer Schläfe zu pulsieren begann, konnte einem der Empfänger ihres Kampfgeistes nur leidtun. Mein Vater tat mir sehr oft leid. Sogar Pallasch hätte mir wahrscheinlich leidgetan, wäre er auf den Radar ihres Zorns geraten. Doch als ich an diesem Tag nach Hause kam, sah meine Mutter aus, als habe sie fürs Erste genug Lego gespielt. Sie saß stumm am Küchentisch, die Wolldecke lag zerknüllt auf dem Sofa, und mein Vater war mir entgegengekommen, als ich die Wohnung betreten hatte. Er hatte seine Jacke genommen, sich an mir vorbeigedrängt und die Tür hinter sich zugeknallt. Das war das drittletzte Mal, dass ich meinen Vater sah.

Anna fehlte mir. Mit ihr hatte ich eine Verbündete gehabt im Planschbecken jugendlichen Selbstzweifels. Ohne sie war ich ziemlich allein. Auch wenn ich eigentlich nicht allein hätte sein sollen, denn es gab da noch jemanden in meinem Leben. Jemanden, den ich fast nie sah.

Die Geschichte meines Bruders

Bis zu seinem zehnten Lebensjahr wurde mein Bruder sechsmal entführt. Er war das perfekte Kind. Er hatte große ehrliche Augen, und sein Lächeln zierten die süßesten Grübchen, die die Welt je gesehen hatte. Wenn meine Mutter mit ihm über die Straße ging, schmolz der Asphalt. Ständig wurde er im Supermarkt von fremden Müttern weggehascht, die nicht selten ihre eigenen Kinder zum Tausch daließen. Das führte dazu, dass meine Mutter ausgesprochen sportlich wurde. Zum Glück konnte sie die körperliche Belastung aushalten, denn sie war noch sehr jung. Sechzehn Jahre war sie alt, als mein Bruder zur Welt kam. Sie war nicht ganz sicher, wer der Vater war, gab sich allerdings auch keine Mühe, es herauszufinden. Stattdessen brach sie die Schule ab, um ihrem perfekten Kind ihre volle Aufmerksamkeit zu schenken. Sie bastelte eine Art Geschirr aus aneinandergeketteten Fahrradschlössern für meinen Bruder und hielt ihn an einer Leine, damit er nicht geklaut werden konnte. Ab und zu klopfte sie fremden Müttern auf die Finger, die trotzdem ihre Hände nach ihm ausgestreckt hatten. Das klappte sehr gut, bis auf einen denkwürdigen Tag, an dem sie die Liste mit den Codes für die Zahlenschlösser verlegt hatte und meinen Bruder erst nach drei Stunden aus dem Einkaufswagen befreien konnte, an den sie ihn vorsorglich geschlossen hatte.

Trotz der Leine wuchs mein Bruder mit dem Gefühl unbegrenzter Möglichkeiten auf. Er konnte alles haben und alles tun. Sobald er sprechen lernte, stellte sich heraus, dass er nicht nur unverschämt süß war, sondern auch den vorteilhaftesten Gendefekt der Menschheitsgeschichte abbekommen hatte: Er war außerstande, etwas Falsches zu sagen. Dabei konnte er sehr wohl lügen. Doch egal, in was für einer Situation er sich wiederfand, er sprach immer die Worte aus, die dafür sorgten, dass sich die Situation zu seinen Gunsten entschied. Jeder Mensch, den er traf, war Butter in seinen Händen, was zwar ein bisschen eklig, aber auch recht nützlich war. Die Lehrer schenkten ihm gute Noten, der Busfahrer schenkte ihm tägliche Freifahrten, und sogar der mürrische alte Bäcker schenkte ihm jeden Tag ein Butterhörnchen.

Doch mein Bruder wäre nicht das perfekte Kind gewesen, hätte er der Welt die ihm geschenkte Güte nicht wieder zurückgegeben. Deshalb bot er, als meine Mutter meinen Vater kennenlernte und schließlich mit mir schwanger wurde, augenblicklich an, auszuziehen, um in unserer engen Drei-Zimmer-Wohnung Platz für ein Baby zu schaffen.

Er war damals siebzehn Jahre alt und bereit für die Welt. Er küsste unsere Mutter auf die Wange und streichelte ihr über den schwangeren Bauch, dann reichte er meinem Vater höflich die Hand und machte sich auf, die Welt zu erkunden.

Wo er auch hinkam, fand er Freunde, ein Bett und einen gedeckten Tisch. Er wärmte sich am Feuer tschuktschischer Eskimos, fachsimpelte mit afrikanischen Löwen über vegetarische Ernährung und heuerte für sieben Monate auf einem Schiff an, das den schönen Namen »Thusnelda« trug. Am Wegesrand seiner Reise wurden ihm fünf Töchter, sieben Schwestern und sogar ein Sohn zur Heirat angeboten, doch mein Bruder schlug alle Angebote aus. Er hatte zwar nicht direkt etwas gegen Menschen, doch sie langweilten ihn. Er konnte sich Schöneres vorstellen, als jeden Morgen neben einem davon aufzuwachen.

Ich sah ihn nur selten. Ab und zu besuchte er uns, brachte aufregende Geschenke mit und ließ mich mit meinen Kinderhänden in seinen Grübchen pulen. Meist war er jedoch nur eine krakelige Handschrift auf sporadischen Postkarten, die jedes Mal Orte zeigten, die schöner waren als alles, was ich je zuvor gesehen hatte.

Ich war also doch ziemlich allein. Allerdings nicht völlig allein, denn neuerdings schenkten mir die Julias erstaunlich viel Aufmerksamkeit. Sie redeten sogar mit mir. Jeden Tag fragten sie mich, wie es mir ginge. Ob ich den Druck noch aushielte. Ob es mich nicht fertigmache, keine Freunde zu haben. Und ob ich schon mal darüber nachgedacht hätte, mich umzubringen. Sie klangen wie Staubsaugervertreter, wenn sie das fragten. Ich glaube, sie hatten Wetten auf mich abgeschlossen. Was ich gut verstehen konnte. Nun, da Anna nicht mehr da war, war ich die brauchbarste Selbstmordkandidatin an unserer Schule. Kurz überlegte ich, ihnen den Gefallen zu tun, denn ohne Anna hatten sie erschütternd wenig Gesprächsstoff, aber so richtige Lust konnte ich dann doch nicht aufbringen. Ich stellte es mir sehr langweilig vor, tot zu sein. Außerdem hatte ich gerade die erste To-do-Liste meines Lebens geschrieben, die musste ich noch abarbeiten. Es ist ja nicht unüblich, dass eine To-do-Liste einen Menschen am Leben hält. Irgendwas hat man immer zu tun, und wenn es nur der Gang zum Baumarkt oder das Aufräumen des Dachbodens ist, weil sonst das Seil oder der Platz zum Hängen fehlt.

Natürlich hieß meine To-do-Liste noch nicht »To-do-Liste«, sondern »Aufstellung zu erledigender Aufgaben, bevor ich mich der Verlockung jugendlichen Selbstmords oder der Geißel des Erwachsenwerdens hingebe«. Da sage noch mal einer was gegen kurze knackige Anglizismen. Als ich mit dem Aufschreiben des Titels fertig war, war meine Pubertät schon halb vorbei.

Auch alle Julias hatten ähnliche Listen. Sie nannten sie »To-do-before-I-die«-Listen und ließen sie möglichst auffällig offen herumliegen, um Eltern und Lehrern das Gefühl zu geben, sie seien suizidgefährdet. Selbstmord schien gerade schwer angesagt zu sein. Im Grunde war auch meine Liste nichts anderes als eine »To-do-before-I-die«-Liste. Der Unterschied zwischen Erwachsenwerden und Sterben war aus jugendlicher Sicht marginal.

Auf allen Listen stand dasselbe:

1. auf ein Backstreet-Boys-Konzert gehen
2. mit Ernesto aus der 10a Sex haben

Das war alles. Mehr wollten pubertierende Mädchen in den Neunzigern nicht. Eltern und Lehrer jedoch drohten einfach, jedes Mädchen, das ein Backstreet-Boys-Konzert besuchte oder Ernesto aus der 10a auch nur einen guten Morgen wünschte, eine Nacht ins Schulterrarium zu sperren. Das war pädagogisch zwar fragwürdig, aber effektiv. Zumindest hatte es zur Folge, dass Ernesto, obwohl er eine verblüffende Ähnlichkeit zu Nick Carter vorzuweisen hatte, ein sehr, sehr einsamer Junge wurde.

Vorsichtshalber schrieb ich auch das Backstreet-Boys-Konzert und den Sex mit Ernesto auf meine Liste. Zwar fand ich Ernesto und die Backstreet Boys gleichermaßen langweilig, aber ich hatte es durch mein Äußeres schon schwer genug, da musste ich nicht auch noch eine eigene Meinung haben. Als ich fertig war, ließ ich die Liste möglichst auffällig offen herumliegen. Doch außer den Julias hielt mich nie jemand für suizidgefährdet. Mich hielten einfach alle für hässlich.

Erst in den Monaten vor meinem achtzehnten Geburtstag kam meine Hässlichkeit offenbar zu dem Schluss, es sei allmählich an der Zeit abzudanken. Mit einer höflichen Verbeugung zog sie sich langsam in die Dunkelheit zurück, von der aus sie wohl bald ein neues Kind anspringen würde. Die Zahnspange und den Großteil meiner Pickel nahm sie mit, was ich sehr umsichtig von ihr fand, denn für keines von beidem hatte ich noch Verwendung. Ein wenig vermisste ich sie natürlich, schließlich hatten wir einen weiten Weg gemeinsam zurückgelegt. Aber im Grunde ging es mir besser denn je: Plötzlich war ich eine junge Frau von solch atemberaubender Schönheit, dass es, wo ich auch langlief, erstickte Eichhörnchen von den Bäumen regnete. Sogar an Orten, an denen es weder Bäume noch Eichhörnchen gab. Nie musste ich einen Drink selbst bezahlen, verschüchterte Models warfen Rosenblüten, wo immer ich hintrat, und Männer stellten mir auf offener Straße Türen in den Weg, nur um sie für mich aufhalten zu können. Vielleicht täuschte mich mein Eindruck auch bloß und die Menschen, denen ich begegnete, behandelten mich einfach wie jeden anderen. Im Gegensatz zu meinem vorherigen Leben kam das jedoch einer Liebeserklärung von jedem Einzelnen gleich.

Entscheidend war: Meinem ersten Mal stand nichts mehr im Weg. Zwar schien beim Großteil der Jungs in meiner Klasse die Erinnerung an mein pubertäres Aussehen noch so frisch zu sein, dass sie weiterhin keinerlei Interesse an mir zeigten, doch gab es einen Jungen, der in seiner neu gefundenen Bescheidenheit mehr als glücklich war, mit mir die Welt unter der Bettdecke zu erforschen: Ernesto.

»Ich werd schon nicht schwanger«, sagte ich. »Meine Mutter hat gesagt, das ist wie bei Allergien: Man darf einfach nicht an sie glauben, dann kriegt man sie auch nicht.«

»Die Taktik scheint bei ihr ja hervorragend funktioniert zu haben«, sagte Ernesto. Ich verstand nicht, was er meinte, schließlich hatte meine Mutter tatsächlich keine einzige Allergie.

»Na gut, aber wir müssen wirklich aufpassen«, sagte er schließlich. »Das Letzte, was ich will, ist ein Kind von dir.«

»Das Letzte?«

»Das Allerletzte.«

»Du bist sehr romantisch.«

»Überleg doch mal«, sagte Ernesto. »Ein Kind von dir sieht bestimmt auch die ersten achtzehn Jahre seines Lebens aus wie ein Ork.« Da hatte er auch wieder recht. Wir beschlossen also aufzupassen. Ernesto hatte mal gehört, dass er ihn nur rechtzeitig rausziehen müsse, damit nichts passierte. Also zog er ihn raus. Das machte er sehr gut. Ein bisschen zu gut sogar. Ich war gar nicht sicher, ob er schon richtig drin war. Kaum berührten sich unsere beiden intimsten Stellen, da riss Ernesto auch schon panisch seine Hüften zurück.

»Huiuiui, ich dachte, es wär schon so weit«, sagte er und kicherte albern vor sich hin. Das ging ungefähr zwanzigmal so. Ich unterdrückte ein Gähnen und fragte mich, wie bekloppt wir wohl für einen Außenstehenden aussehen würden, der das Pech hätte, uns zuschauen zu müssen. Gerade begann ich mich ernsthaft zu langweilen, da sagte Ernesto »Huiuiuiuiuiuiuiuiuiuiuiuiuiuiuiuiuiuiu iuiuiuiuiuiuiuiuiuiuiuiuiuiuiuiuiuiuiuiuiuiui« und ließ seine Hüften dabei aus Versehen nach vorne statt nach hinten schnellen.

»Das meinst du jetzt nicht ernst«, sagte ich.

Ernesto schwieg mit geschlossenen Lidern und seligem Grinsen. Dann ließ er mit einem abschließenden Seufzer sein volles Körpergewicht auf mich fallen. Eine meiner Rippen knackte vernehmlich. Ich schob ihn von mir runter und stand auf, um mich anzuziehen. Als Ernesto endlich die Augen öffnete, sagte er: »Das war großartig!«

»Ja Mann, Sex rockt«, murmelte ich und suchte meine Klamotten zusammen. »Lass uns das unbedingt bald wieder machen.« Ernesto antwortete nicht. Da er keinen Gebrauch mehr für mich zu haben schien, schnappte ich mir meine Jacke und ließ ihn allein. Cooler wäre es vielleicht gewesen, so was zu sagen wie: »Ich geh mal kurz Zigaretten holen« und dann nicht mehr wiederzukommen, aber das fiel mir natürlich erst zehn Minuten später im Bus ein. Ich schrieb den Satz auf meine To-do-Liste. Irgendwann würde ich ihn schon noch verwenden können.

Jetzt hatte ich ein Problem. Ich wollte keinen Ork. Schon gar keinen Ork von Ernesto. Ich fuhr mit dem Bus nach Hause, wo ich mich auf mein Bett fallen ließ und mich fragte, was ein Kind von Ernesto und mir wohl für ein armseliges, hässliches und langweiliges Wesen werden würde. Obwohl, wenn es Ernestos gutes Aussehen und meinen vorzüglichen Charakter abbekäme, wäre es wahrscheinlich ganz in Ordnung. Aber darauf konnte ich mich nicht verlassen.

Ich rief also meine Mutter an, um sie um Rat zu fragen. Doch sie ließ mich kaum zu Wort kommen. Mein Vater sei im Krankenhaus, sagte sie. Irgendwas mit einer angeknacksten Rippe und einer Leitplanke. Sie klang aufgebrachter als sonst, deshalb behielt ich meine Frage für mich und machte mich stattdessen auf den Weg zum Krankenhaus. Als ich dort aus dem Bus stieg, kam mir meine Mutter schon entgegen. Sie hielt eine leere Bierflasche in der Hand, und in ihrem Blick glitzerte der Wahnsinn, in den sie nur mein Vater treiben konnte. Es sah aus, als sei von meiner Mutter heute keine Hilfe zu erwarten.

»Wir reden später«, sagte sie, gab mir einen Kuss auf die Stirn und stolzierte davon, wie es nur empörte Ehefrauen können. Ich sah ihr hinterher und fragte mich, ob ich später auch mal so traurig werden würde wie meine Mutter. Vielleicht war es ein unumstößliches Naturgesetz, dass man ab einem gewissen Alter einfach unglücklich zu sein hatte.

Fünf Minuten später betrat ich das Krankenzimmer und reichte meinem Vater ein Handtuch, damit er sich das Bier aus den Haaren wischen konnte.

»Na, Warzenschweinchen, was machst du denn hier?«

»Hallo, Papa.«

Er sah gut aus. Fast gesund. Vielleicht aber nur, weil seine Haare noch vom Bier glänzten. Eigentlich wirkte er ein wenig verloren in dem sterilen Bett und ohne Zigarette.

»Ich hab ein Problem«, sagte ich.

»Ein Problem?«

»Ein Problem.«

»Ist es schlimm?«

»Vielleicht.«

»Deine Mutter is grad raus.«

Ich nahm einen Stuhl und setzte mich neben sein Bett. Wir hatten uns lange nicht gesehen, weil er seit ein paar Jahren nicht mehr zuhause schlief.

»Du siehst gut aus«, sagte er und musterte mich mit merkwürdigem Blick. »Fast normal.« Beinahe glaubte ich, ein wenig Enttäuschung in seiner Stimme zu hören.

»Bin ich auch«, sagte ich.

»Was?«

»Fast normal. Und vielleicht schwanger.«

Mein Vater musterte mich immer noch. Seine Stirn runzelte sich fast unmerklich, ansonsten verzog er keine Miene. Dann legte er sich zurück und schloss die Augen. Still lag er da, tief atmend, bis ich sicher war, dass er eingeschlafen war. Ich versuchte, möglichst leise aufzustehen und das Zimmer zu verlassen.

»Es gibt Gene«, sagte er plötzlich, als ich gerade an der Tür ankam, »die sollte man nicht weitergeben.«

Und während ich noch darüber nachdachte, ob er gerade mich, sich selbst oder uns beide beleidigt hatte, fing er schon an zu schnarchen. Das war das vorletzte Mal, dass ich meinen Vater sah.

Zwei Wochen später pinkelte ich in einen Becher. Ich war zu dem Entschluss gekommen, dass ich meiner Mutter nur dann von meinem Problem erzählen würde, wenn es wirklich ein Problem gab. Ich war also mittags extra in den Nachbarort gefahren, um unbeobachtet einen Schwangerschaftstest zu kaufen. Andere Achtzehnjährige hätten wahrscheinlich erhobenen Hauptes eine Apotheke betreten und mit lauter Stimme gerufen: »Guten Tag, werter Herr Arzneibereiter, ich hatte ungeschützten Geschlechtsverkehr mit einem unsympathischen Gesellen und wünsche nun einen Schwangerschaftstest!«

Ich jedoch betrat gerade mit schüchternen Schritten Neuland. Deshalb hatte ich nur leise und in gebückter Haltung »nschwngrschftststbidde« genuschelt. Trotzdem hatte in der Apotheke augenblicklich Stille geherrscht. Eine alte Dame hatte missbilligend den Kopf geschüttelt, und der Apotheker hatte verlegen gehüstelt, mir einen Test gereicht und im Flüsterton irgendwas erklärt, worin die Worte »Zyklus« und »Morgenurin« vorkamen.

Zuhause im Badezimmer holte ich den Test aus seiner Verpackung, auf der eine lächelnde Frau abgebildet war. Sie sah aus, als seien Schwangerschaftstests ihr größtes Hobby. Vielleicht stimmte das ja sogar. Jeder Mensch war ein Abgrund. Trotzdem verstand ich nicht, wie sie lächeln konnte. Auch für Menschen, die sich ein Kind wünschten, konnte das ganze Pinkeln und Zittern doch keinen Spaß bedeuten.

Nachdem ich den Teststreifen ins Pipi getaucht hatte, legte ich ihn auf den Badewannenrand und wartete. Ich hatte gar nicht gewusst, dass fünf Minuten so lang sein konnten. Jede einzelne Minute kam mir so zäh und unerträglich vor wie eine Sportstunde bei Pallasch.

Minute eins. Ich war schwanger. Zwar zeigte der Teststreifen noch nichts an, aber dazu hatte er ja auch noch vier Minuten Zeit. Ich nahm meine To-do-Liste und fügte einen weiteren Punkt hinzu: Rache an Ernesto üben.

Minute zwei. Ich warf eine Münze für den Fall, dass ich wirklich schwanger war. Kopf: Ich würde abtreiben. Zahl: Ernesto und ich würden Eltern eines Orks. Ich versuchte mir vorzustellen, wie es wohl wäre, Mutter eines Kindes zu sein, dass so sprach wie Ernesto. Davon bekam ich so starke Gänsehaut, dass ich es wieder bleiben ließ.

Minute drei. Ich malte der Frau auf der Verpackung ein Hitlerbärtchen. Es stand ihr erschreckend gut.

Minute vier. Zwischenstand: neunmal Kopf, zwölfmal Zahl. Ich vermisste Anna. Ihr hätte ich von meiner Misere erzählen können. Vielleicht hätte ich sogar »die drei« um Rat gefragt. Obwohl Anna mir dann wahrscheinlich einfach eine Nähnadel in den Bauch gerammt hätte, um das Problem zu lösen.

Minute fünf. Vielleicht sollte ich den Test einfach wegwerfen, ohne draufzuschauen. Mein Vater sagte immer: »Solange mir kein Arzt eine Krankheit diagnostiziert, bin ich auch nicht krank.« Möglicherweise ließ sich das auch auf Schwangerschaften anwenden. Andererseits hatte mein Vater ja auch gesagt, ich solle meine Gene nicht weitergeben. Konsequenter elterlicher Rat schien von ihm also nicht zu erwarten zu sein. Ich atmete tief durch und lugte dann auf das Testergebnis. Und war weder erschrocken noch schockiert. Ich war einfach milde überrascht.

Ich war schwanger. Wirklich schwanger. Von Ernesto. Normalerweise waren solche Dinge ja nicht wahr. Man befürchtete sie, man hoffte und bangte, und dann ging im letzten Moment doch alles gut. So hatte das zu laufen. Doch da waren eindeutig zwei rote Linien. Ich schüttelte den Teststreifen ein bisschen, weil man das so machte mit Dingen, von denen man glaubte, sie funktionierten nicht richtig. Aber die Linien blieben. Rosarot strahlten sie mir entgegen, als sei es eine frohe Kunde, die sie da verlauten ließen. Ich seufzte und warf den Test in den Müll.

Das würde ein Theater geben.

2

»Och, guck mal wie schön, die Boote! Und das Wetter, das ham wir ja zuhause nie, so ein Wetter. Also schon Wetter, jeder hat ja Wetter, aber nicht so ein schönes. Jetzt guck dir doch mal das Wetter an, wie schön, und da, die Boote, wie die da schwimmen, auf dem Wasser, und wie das Wasser im Sonnenlicht glitzert. Da könnt ich ja den ganzen Tag sitzen, auf so nem Boot, das machen die ja hier auch, den ganzen Tag! Die haben ja einen ganz anderen Lebensstil hier, die Italiener, da könnten wir uns ruhig mal ne Scheibe von abschneiden. Wir kommen ja nie zur Ruhe, wir Deutschen, immer ackern wir, den ganzen Tag sitzen wir im Büro, wir würden ja gar nicht mitkriegen, wenn die Sonne mal scheinen würde. Aber hier, die Dingens, wenn die ackern, dann aber auch aufm Acker, so auf dem Feld, in der Sonne, da sind die ja wie gemacht für, das können die ja richtig gut, mit ihren Muskeln und braun gebrannt und so, und gut sehen die dabei aus, fast so gut wie die Boote, jetzt guck dir doch mal die Boote an!«

Seit meinem Nahtoderlebnis mit Ernesto waren sechs Jahre vergangen. Jetzt war ich vierundzwanzig und hatte vor Kurzem irgendwas fertig studiert, wovon ich beim Rauschen des sardischen

Meeres gerade wieder den Namen vergaß. Irgendwas mit Medien wahrscheinlich. Ich wusste es schon nicht mehr.

In den letzten Jahren war zugleich viel und wenig passiert. Ernesto hatte ich nicht wiedergesehen. Ich hatte ein paar seiner Anrufe ignoriert, woraufhin er ausgezogen war, seine neu erworbenen Liebhaberfähigkeiten einem breiteren Publikum zugänglich zu machen. Irgendwann hörte ich das Gerücht, er sei mit einer der Julias zusammen. Ich wusste nicht, mit welcher, wünschte ihr jedoch, dass sie stabile Rippen besaß.

Vor allem aber hatte ich ihm keinen kleinen Ork geboren, worüber ich sehr froh war. Meine Mutter hatte mich gefragt, ob ich wirklich sicher sei, dass ich das Kind nicht wollte. Als ich nickte, hatte sie mich in beeindruckendem Tempo zum Frauenarzt geschleift, der mir sogleich verkündet hatte, dass er irgendwas in mir drin abzuschaben und auszusaugen gedenke. Oder auszuschaben und abzusaugen, ich war mir nicht sicher. Irgendwas Ekliges jedenfalls. Ab diesem Punkt setzte meine Erinnerung der darauf folgenden Wochen aus. Zurück blieb nur das dumpfe Gefühl, dass ich etwas getan hatte. Ob richtig oder falsch, wusste ich nicht. Es war jedenfalls nichts Schönes. Und es war nichts, das ich so einfach ignorieren konnte.

Aber ich konnte es ja wenigstens versuchen.

Meine Mitabsolventen hüpften am Strand herum und gruben Löcher in den Sand oder Frauen an, manchmal auch beides gleichzeitig. Ich hingegen versuchte mich zu entspannen. Es klappte auch fast. Die Boote zum Beispiel waren wirklich sehr schön. Nicht so schön war die schrille Stimme in meinem Kopf, die mir die ganze Zeit erzählte, wie schön die Boote waren.

»Ja, Herbert, da musste gar nicht so gucken, die sehen eben gut aus, die Italiener mit ihren Booten, da könnteste dir auch mal ne Scheibe von abschneiden, also eigentlich könnte man wohl eher ein paar Scheiben von dir abschneiden. Guttun würde dir das auf jeden Fall, mal so'n bisschen Feldarbeit!«

Ich war verwirrt. Wieso nannte mich die Stimme in meinem Kopf Herbert? Ich kannte gar keinen Herbert. Blinzelnd öffnete ich die Augen und sah mich um. Herbert und die Stimme saßen zwei Strandkörbe weiter. Zu ihren Füßen hockte ein sonnenbrandgeplagtes Mädchen und versohlte Ken und Barbie mit einer Sandschaufel die nackten Hintern. Es beruhigte mich, dass die Stimme doch nicht zu mir gehörte. Ich hatte ja nichts gegen Stimmen im Kopf. Aber sie sollten wenigstens nett sein. Und mich nicht Herbert nennen.

»Nur Geld hamse hier halt nich so, da muss man sich schon in Acht nehmen, sag ich mal. Die ticken ja ganz anders hier, die Itakonenser, da kann man keinem von trauen! Ne, Janine, schön auf deinen Rucksack aufpassen musste und schön laut schreien, wenn ein böser Mann zu dir kommt. Nee, nicht jetzt schreien, Janine, jetzt gucken wir uns mal die Boote an, jetzt guck doch mal, die Boote, wie schön, und so ruhig. Nu hör aber auf zu schreien, wir sind hier im Urlaub, da will ich auch mal einfach meine Ruhe haben. Herbert, jetzt sag doch auch mal was! Komm Janine, jetzt is aber mal gut, du gehst jetzt mal mit dem Papa, und der kauft dir ein Eis. Was? Nein, Janine, der Papa ist kein böser Mann, mit dem kannst du ruhig mitgehen.«

Ich bekam Kopfschmerzen. Herbert sah aus, als ginge es ihm ähnlich. Hand in Hand dackelte er mit der kreischenden Janine zum Eisstand. Die Stimme blieb im Strandkorb zurück und sah aus, als wisse sie nicht recht, was sie mit der relativen Stille anfangen sollte, die sie plötzlich umgab.

Ich musste an meine Mutter denken. Daran, wie ich früher immer geglaubt hatte, ab einem gewissen Alter sei man einfach unglücklich. Vielleicht stimmte das ja sogar. Ich wusste nicht, woran es lag, aber ich kannte keinen Menschen über fünfzig, der mir allzu glücklich erschien. Meine Mutter, mein Vater, die Stimme: Alle machten sie den Eindruck, als sei ihnen irgendwo unterwegs die Fähigkeit zur ehrlichen Freude abhandengekommen. Ich fragte mich, ob man dem entrinnen konnte. Und wenn ja, ob ich mir genug Mühe gab.

Das Alter war wie ein Preisschild. 29,99 ging noch, aber sobald da etwas über dreißig stand, klang es schon fast nach Rentnerbeige und Bingo spielen beziehungsweise nach Tod, was ja fast dasselbe war. Bis dreißig wurde man erwachsen, danach alterte man nur noch. Deshalb hatten Menschen den seltsamen Drang, Trost zu spenden, wenn jemand aufstieg ins nächste Alterslevel. Vielleicht entsprang das Mitleid dem Irrglauben, im Alter erlebe man nichts mehr. Doch an Heiligabend hatte sich in unserem heimischen Wohnzimmer folgende Szene vollzogen: Meine Mutter packte ihr nagelneues Smartphone aus, schaltete es an und schrie: »Was ich auch anfasse, alles geht schief! Erst meine Kinder und jetzt auch noch dieses Telefon!« Und tatsächlich, kaum hatte sie das Smartphone in die Hand genommen, stand auch schon das Display auf dem Kopf. »Mutter, dreh das Telefon um«, sagte ich, was meine Mutter auch gleich tat und gebührend beeindruckt war von meinem technischen Sachverstand.

»Schade, dass das mit euch nicht auch so einfach geht«, sagte sie und hatte für diesen Tag genug erlebt. Die Abenteuer wurden nicht weniger im Alter. Sie nahmen nur neue Formen an.

Möglicherweise war das Mitleid aber auch ehrliches Bedauern über die Vergänglichkeit der Schönheit. Doch Schönheit war relativ. Ich wusste nicht, wie das später mal werden würde, ich hatte ja gerade erst angefangen zu altern. Wenn ich Menschen sah, die schon länger alterten, zum Beispiel Siebzigjährige, dann sah ich graue Haare und Falten. Das fand ich nicht schön. Aber Zwanzigjährige fand ich auch nicht mehr schön. Natürlich hatten sie glatte Haut und volles Haar, aber sie sahen noch so unfertig aus. Wie Plätzchen, die nicht lange genug im Backofen waren. Wenn ich dem jetzt in die Wange kneife, dachte ich immer, dann pratscht irgendwo noch flüssiger Teig raus. Das war doch nicht schön.

Alte Menschen brauchten kein Mitleid. Hohes Alter war ja kein Schicksal, das nur einige Wenige ereilte, die von den Jungen betrauert werden mussten. Es war die Richtung, in die wir alle gingen, und wer älter war, hatte eben schon mehr Wegstrecke hinter sich. Außerdem konnte man im Alter Dinge tun, die vorher nicht gingen. Man konnte stundenlang in einem Schaukelstuhl sitzen, auf die eigenen Finger starren und sagen: »Sind das nicht wirklich große Hände?«

Man konnte in einer fast leeren Bahn zum einzigen besetzten Platz gehen und zu dem dort sitzenden Zwanzigjährigen sagen: »Gib mir deinen Platz, sonst brech ich erstens zusammen und zweitens auf deine Schuhe.«

Man konnte heiraten und davon ausgehen, dass man sich in diesem Leben nicht mehr scheiden lassen würde.

Und vor allem konnte man seine Jugend vergessen. All die Pickel und Enttäuschungen und den schlechten Sex und die falschen Freunde, all die dummen Menschen und den vielen Alkohol, die Kinder, die man großgezogen hatte und die früher mal süß, heute aber zu nur mittelsympathischen Menschen herangewachsen waren. All die Szenen, in denen man sich vor ausreichend großem Publikum in die Hose gepinkelt oder jemand anders auf die Hose gekotzt hatte. All die nassen Küsse und ungeübten Zungen im eigenen Rachen. All das war irgendwann einfach weg. Das Einzige, das man nicht loswurde, war die Musik, denn Musik konnte man nicht vergessen. Doch das wollte man auch gar nicht, denn man fand sie plötzlich gut, die Superhits der Siebziger, Achtziger und Neunziger, weil sie einen an das Beste von früher erinnerten, an alles, was nicht Pickel und Enttäuschung war. An das Gefühl von Freiheit und einer ungewissen, aber verheißungsvollen Zukunft.

Natürlich schienen die Zukunftsaussichten im Alter dunkler und begrenzter zu werden. Aber sie waren nicht dunkler. Sie waren nur klarer definiert. Wenn man einen Zwanzigjährigen fragte:

»Wo siehst du dich in zehn Jahren?«, dann wischte er sich den Teig von der Wange und sagte: »Ich weiß nicht, lass mich erst mal die Tüte zu Ende rauchen.«

Fragte man meine Oma, wo sie sich in zehn Jahren sah, dann zeigte sie auf den Friedhof und sagte: »Dahinten zwischen den alten Eichen und unter einem Grabstein mit der Aufschrift:

Ich bin mal weg und mach's mit Buddha
Macht's gut, gezeichnet: eure Mudda«

Ob das schöne Aussichten waren, wusste ich nicht, aber sie schienen meiner Oma zu gefallen.

Überhaupt stellte ich mir das Liebesleben im hohen Alter einfacher vor. Vierzigjährige beschwerten sich gerne darüber, dass die besten Geschlechts- oder Lebenspartner längst vergeben waren. Dabei war alles, was sie brauchten, ein wenig Geduld. Mit neunzig war die Hälfte davon wieder frei. Und womöglich auch nicht mehr so wählerisch. Dann konnten sie sich jemanden aussuchen, mit dem sie in Beige gewandet auf ihre Wiedergeburt warteten, und ab und zu Gott auf die Finger klopfen, wenn er sie wieder mal in die Wange kniff, um zu prüfen, ob ihr Fleisch schon rau und mehlig genug geworden war, um bald neuen Teig aus ihnen anrühren zu können. Und eines Tages, wenn Gott losging, um Eier und Milch für den neuen Teig zu kaufen, dann wussten sie: Bald haben wir es geschafft.

Ich nahm meine To-do-Liste aus der Tasche und schrieb den Punkt »glücklichen Menschen über fünfzig finden« dazu. Dann beobachtete ich meine Ex-Kommilitonen und fühlte mich alt. Sie warfen sich Sand in die lachenden Münder und flirteten einander in Grund und Boden. Sie hatten es noch, das Glück. Zumindest auf den ersten Blick. Bei näherem Hinsehen bahnte sich auch bei ihnen schon die Schmach der eingeschränkten Möglichkeiten an. Sie waren ein trauriger Haufen, wie sie da lachten, hüpften und kreischten. Doch sie waren noch lange nicht so traurig wie die Stimme in ihrem verlassenen Strandkorb. Als mein Blick erneut auf sie fiel, fühlte ich mich plötzlich wieder sehr jung. Achtungheischend sah sie sich um. Kurz trafen sich unsere Blicke, und sie schaute mich herausfordernd an, als wolle sie mich dabei erwischen, wie ich ihre Boote beleidige. Doch dann schob sich ein unbekannter, aber rettender Männerkörper zwischen uns.

»Oha«, sagte der dazugehörige Mann. »Die Frau meiner Träume.«

»Wer, die Frau da?« Ich deutete in die Richtung der Stimme.

»Nein, du. Die Frau da macht mir Angst.«

»So werde ich auch mal«, sagte ich. »Spätestens, wenn ich Mutter werde.«

»Dann lass uns einfach niemals Kinder kriegen«, sagte er und streckte mir seine Hand entgegen. Ich schlug ein.

»Deal.«

Gemeinsam beobachteten wir Herbert und Janine, die mit drei Eisbechern zurückkamen und sich wieder in den Strandkorb setzten. Kurz schien es, als habe das Eis der kleinen Familie den wohlverdienten Frieden geschenkt. Doch Herbert machte offensichtlich den Fehler, etwas zu fragen.

»Wie, was wir heute Abend machen? Ich geh mit dem Giovanni Bootfahren, das hab ich doch schon gesagt! Der hat aber auch ein schönes Boot, der Giovanni, und überhaupt hat der so einiges Schönes, Herbert, da willst du gar nicht wissen, wie viele Scheiben du dir davon …, nee, Janine, jetzt lass mich mal mit den blöden Booten in Ruhe! Jetzt reicht's mir aber, da will man mal in Ruhe in Urlaub fahren und einfach nur still dasitzen, und dann gleich wieder so ein Theater. Wisst ihr was, jetzt hab ich wirklich genug von euch!«

Die Stimme stand abrupt auf und stapfte davon. Herbert und Janine blieben ein wenig bedröppelt im Strandkorb zurück und guckten ihr hinterher.

Der Mann, mit dem ich niemals Kinder kriegen würde, grinste mir zu. Ich grinste zurück.

»Ich bin Ulf«, sagte er. »Willst du'n Eis?«

Ulfs Geschichte

Ulf war ein schüchternes Kind. Bis zu seinem siebten Lebensjahr sagte er kein einziges Wort. Ansonsten tat er alles, was Kinder so tun. Rennen, toben, pinkeln. Alles da. Nur sprechen wollte er nicht. Seine Eltern hielten ihn zunächst für einen Spätentwickler, dann für geistig zurückgeblieben und schließlich für ein Genie, das sie in naher Zukunft sehr reich machen würde. Wer nicht sprach, war Autist, und wer Autist war, war genial. Wusste man ja. *Rain Man* und so. Sie verbrachten also ein paar Jahre damit, ihn vor komplizierte mathematische Gleichungen zu setzen und ihn dann im Minutentakt anzustupsen, wie man es sonst nur mit Tierkadavern auf viel befahrenen Straßen tat: zögerlich und doch fordernd, bereit, einen Meter zurückzuspringen, sollte plötzlich unerwartetes Leben aus dem Angestupsten hervorbrechen. Bei Ulf warteten sie natürlich nicht auf Leben, sondern auf eine mysteriöse geistige Superkraft. Die aber nie kam. Ulf war kein Genie. Er war auch nicht dumm. Er hatte einfach nur das Gefühl, dass nichts, was er sagen konnte, der Schönheit der ihn umgebenden Welt gerecht werden würde. Denn schön war sie, die Welt. Das Sonnenlicht, die Baumkronen, der Badeschaum, die Wolken, die Haare seiner Mutter, die Blumen. Alles schön. Und alles konnte man anfassen. Ulf fand die Welt gut. Irgendwann fiel ihm auf, dass dies an sich durchaus erwähnenswert gewesen wäre, denn nicht jeder fand ja die Welt gut. Aber da traute er sich schon nicht mehr. Zu verzweifelt warteten seine Eltern bereits auf seine ersten Worte.

Es war merkwürdig. Je länger er schwieg, desto mehr Gewicht bekamen die ersten Worte, die er sprechen würde. Man kann sich denken, wie verständnislos er angeschaut worden wäre, hätte er eines Tages nach jahrelangem Schweigen den Mund geöffnet und gesagt: »Hallo, ich bin Ulf. Ich finde die Welt gut.«

Da konnte er auch gleich die Klappe halten.

So kam es, dass Ulf bis zu seinem ersten Schultag schwieg. Man könnte ihm ein infantiles Gespür für Dramatik unterstellen, denn zumindest seine Eltern machte er damit sehr nervös. Ständig warfen sie einander bei der Einschulung verunsicherte Blicke zu und fragten sich, was wohl aus ihrem Sohn werden würde. Schweigend hatte es noch niemand durch die Schule geschafft. Aber Ulf gefiel die Dramatik des Ganzen überhaupt nicht. Auch ihm war klar, dass er irgendwann würde sprechen müssen, und er wollte es endlich hinter sich bringen. Tag und Nacht verbrachte er damit, sich würdige erste Worte zu überlegen. Doch nichts schien gut genug.

Und so stand er am Tag seiner Einschulung mit einer riesigen Schultüte auf dem Arm zwischen anderen Schultüten, hinter denen sich andere Kinder versteckten. Alle sahen genauso nervös aus wie er. Alle bis auf einen Jungen, der seine Schultüte dazu benutzte, die Röcke der Mädchen anzuheben. Ulf schaute ihm eine Weile dabei zu und fragte sich, warum der Junge den Mädchen unter den Rock gucken wollte. Wahrscheinlich war es da schön, dachte er. Wie ja überall auf der Welt. Aber die Mädchen schienen es nicht schön zu finden, wenn man ihnen ungefragt die Röcke anhob. Also nahm Ulf all seinen Mut zusammen, ging zu dem Jungen und sagte: »Hallo, ich bin Ulf. Ich finde die Welt gut. Und wenn du das nicht bleiben lässt, hau ich dir auf die Fresse.«

Na also, da waren sie. Seine ersten Worte. Gepaart mit einer Heldentat, für die ihm seine Mitschülerinnen auf ewig dankbar sein würden. Die Mädchen warfen ihm bewundernde Blicke zu, seine Eltern brachen vor Freude in Tränen aus, und auch alle anderen Anwesenden schienen tief beeindruckt von seinem Mut und seiner Schlagfertigkeit. Eine selige Minute lang war Ulf sehr zufrieden mit sich. Dann traf ihn die Faust des Jungen im Gesicht, und er kippte vor den Augen aller um.

Das Erste, was er danach hörte, war das Gekicher der Mädchen. Sein kurz währender Heldenstatus war offensichtlich mit seinem Sturz zu Boden gegangen. Aber immerhin war er auch von seiner Schüchternheit geheilt. So gut fand er die Welt jetzt nämlich nicht mehr. Nicht so gut jedenfalls, dass seine Worte ihr nicht würdig gewesen wären. Deshalb beschloss er, von nun an nie wieder nach Worten zu suchen.

Auch seine Worte »Ich bin Ulf, willst du'n Eis?« bildeten wohl nicht den originellsten aller Anmachsprüche, taten aber ihre Wirkung. Ich wollte ein Eis. Und am Tag darauf noch eins. Dann wollte ich Ulf in Berlin besuchen, um da noch mehr Eis zu essen. Und schließlich blieb ich einfach da, weil Eis essen mit Ulf schön war. Bis in den Winter hinein aßen wir zusammen ein Eis nach dem anderen. Bald ernährten wir uns von nichts anderem mehr. Wir tranken Eiskaffee zum Frühstück und aßen Spaghettieis zu Abend. Immer runder wurden wir, weil wir so gerne beieinander waren und uns immer nur zum Eisessen verabredeten. Daneben fanden wir kaum noch Zeit, uns nennenswert zu bewegen. Fröhlich zählten wir die Röllchen aneinanders Bäuchen und waren glücklich.

Als das Eiscafé für den Winter schloss, kauften wir unser Eis im Supermarkt und aßen es auf Ulfs Sofa literweise. Schon beim ersten Kälteeinbruch hatten wir uns eine stolze Speckschicht angefuttert, die zwar vorbildlich wärmte, uns jedoch auch sehr träge machte. Irgendwann waren wir so rund, dass keiner von beiden mehr aufstehen wollte, um einkaufen zu gehen. Unseren ersten Streit hatten wir darüber, wer von uns noch mal zum Späti musste, um Eisnachschub zu besorgen. Das war der Tag, an dem wir beschlossen, von nun an bei unseren Verabredungen nur noch Gurkensalat zu essen.

Sofort verlor unsere Beziehung in erschreckendem Maße an Romantik. »Willst du'n Eis?« sagte sich einfach leichter als »Möchtest du einen Gurkensalat mit mir schnabulieren?«. Aber Ulf hatte ja schon lange beschlossen, den Klang von Worten nicht zu wichtig zu nehmen, und mir war es egal. Ich fand Ulf gut, Ulf fand die Welt gut. Was wollte ich mehr?

Hinzu kam, dass wir allmählich pleite waren. Eis als Grundnahrungsmittel war teuer. Mein Hostel als Dauerwohnsitz auch. Außerdem war meine Schonfrist nach dem Studium langsam abgelaufen, ich würde mir bald einen Job suchen müssen. Leider hatte ich keine Ahnung, was für ein Job das sein sollte.

Ulf schlug vor, erst mal zusammenzuziehen.

»Das spart Geld und Zeit«, sagte er. Geld, weil wir alles nur noch einmal brauchten, und Zeit, weil wir nicht mehr durch halb Berlin fahren mussten, um Gurkensalat miteinander zu essen.

»Die Zeit können wir stattdessen in konsumkritische Kunstprojekte stecken und damit reich werden«, sagte er. Ich fand seine Argumentation einleuchtend.

Wir waren pleite, also quasi gelebte Konsumkritik.

Ulf war Künstler.

Ich war irgendwas mit Medien.

Wir waren das perfekte Team.

Es folgten ein paar Monate, in denen wir erfolgreich kein Geld mit unserer Kunst verdienten. Wir zogen in eine baufällige Altbauwohnung, zimmerten unsere eigenen Möbel, eröffneten einen

Online-Shop für gefärbte Gebrauchttoupets und träumten von einer Zukunft als Dorfälteste Berlins.

Um den Geldmangel nicht so sehr zu spüren, beschenkten wir uns gegenseitig mit Dingen, die nichts kosteten – Gutscheinen, Fotos von in der U-Bahn schlafenden Menschen, geklauten Straßenschildern und NPD-Wahlwerbekugelschreibern. Gerade warf ich die Kugelschreiber in den Müll, weil sie mir dann doch zu eklig waren, da kam Ulf rein und schenkte mir einen Hund.

»Ist mir nachgelaufen«, sagte er schulterzuckend. »Bis zur Haustür.«

Dann setzte er mir den Welpen auf den Schoß. Sofort pinkelte mir das Vieh auf die Hose. Ich hob es hoch, trug es ins Badezimmer und hielt es über das Klo, doch sobald es über der Schüssel baumelte, schien seine Blase leer zu sein. Erst als ich es zurück ins Wohnzimmer schleppte, floss der Urin wieder. Das Tier schien nur pinkeln zu können, wenn es auf einer weichen Unterlage saß.

Die Geschichte meines Hundes

Meine Hündin war ein Snob. Sie war mit erhobener Nase zur Welt gekommen und pflegte sie nur dann zu senken, wenn es in Bodennähe außergewöhnlich verlockend roch. Nach Pizza beispielsweise. Oder nach Kot. Da vor allem Letzteres in Berlin sehr häufig vorkam, fand sie nur selten Gelegenheit, ihre arrogante Körperhaltung zur Schau zu stellen. Tatsächlich wirkte sie auf den ersten Blick wie ein ganz gewöhnlicher Hund.

Doch sie war wählerisch. Kaum ein anderer Hund war ihr einen Schnüffler wert, und kaum ein Mensch ihre Treue. Sie verließ ihren ersten Besitzer, weil er ihr billiges Futter vorsetzte, den zweiten, weil er eine zu schrille Stimme hatte, und den dritten, weil die Streicheleinheiten nicht ihren Ansprüchen genügten. Jedes Mal wand sie sich beim Abendspaziergang aus ihrem Halsband, verschwand in einem Busch und hängte binnen weniger Minuten das träge Menschenvieh ab, das hinter ihr her hechtete.

Dass sie schließlich bei uns landete, war kein Zufall. Sie hatte Ulf dabei beobachtet, wie er zwei große Einkaufstüten über die Straße wuchtete und dann eine der Tüten auf dem Bürgersteig fallen ließ, woraufhin sich ein Meer aus Apfelsaft, Tomaten, Eiern und Joghurt über den Asphalt ergoss. Das fand sie lustig. Deshalb folgte sie ihm bis zur Haustür, setzte sich vor ihn und ihren süßesten Blick auf und mogelte sich so in unser Leben.

Schon nach wenigen Tagen beschloss sie, bei uns zu bleiben. Nicht, weil das Futter teurer oder die Streicheleinheiten besser gewesen wären, sondern weil sie uns irgendwie unterhaltsam fand. Sie war nicht unser Hund. Wir waren ihre Menschen.

Während der nächsten Wochen zeigte sich, dass die Hündin ihren Hang zum Sich-im-Wohnzimmer-Entleeren nicht nur auf Urin beschränkte. So verbrachte ich ganze Nachmittage damit, den einen magischen Moment abzupassen, in dem sie irgendwie gequält zu gucken begann, um dann mit ihr vor die Tür zu hechten, bevor der Bach oder die Wurst kam. In den wenigen Fällen, in denen das funktionierte, stellte ich mich auf dem Bürgersteig neben meine sich erleichternde Hündin und feuerte sie mit selbst gebastelten Spruchbändern und filmreifen Cheerleadertänzen an.

Einmal besuchte ich in dieser Zeit auch meinen Vater, der zwar offiziell noch immer Professor, aber schon seit Monaten krankgeschrieben war. Es hatte sich zu seiner großen Überraschung herausgestellt, dass übermäßiger Alkoholkonsum nicht so richtig gut für die Gesundheit war. Anstatt ins Krankenhaus zu gehen, hatte er beschlossen, mit seinen bescheidenen Ersparnissen eine letzte Weltreise zu unternehmen und sich dort zum Sterben niederzulegen, wo er mit seinem letzten Cent stranden würde. Das klang sehr romantisch und völlig idiotisch, aber ich kannte meinen Vater gut genug, um zu wissen, dass er genau das tun würde. Deshalb fuhr ich noch einmal zu ihm, um mich zu verabschieden.

Es war ein kurzer Besuch. Er war krank und wollte meine Hilfe nicht, ich wollte seine Hilfe, aber er brauchte sein Geld selbst. Wir hatten einander nicht viel zu geben. Danach fuhr ich mit dem Gefühl nach Hause, dass irgendwas an meinem Verhältnis zu meinem Vater nicht stimmte. Ich wusste bloß nicht, ob es an ihm oder an mir lag. Im Zug nach Berlin holte ich meine To-do-Liste hervor und schrieb den etwas kryptischen Punkt »Vater enträtseln« dazu.

Das war das letzte Mal, dass ich meinen Vater sah.

»Vielleicht sollte ich meinen Bruder um Geld bitten«, sagte ich, als ich wieder in Berlin war.

Ulf schüttelte den Kopf.

»Der hat doch selbst keins«, sagte er. »Außerdem kriegen wir das auch irgendwie so hin.«

Mein Bruder war nach jahrelangem Herumreisen wieder in unser Heimatdorf gezogen und hatte dort zur Überraschung aller seine gesamten Ersparnisse in die Eröffnung einer Bäckerei gesteckt. Der alte Bäcker war vor einigen Monaten verstorben, und außer meinem Bruder hatte es niemanden gegeben, der das Geschäft übernehmen wollte. Unsere Mutter freute sich zwar, dass mein Bruder nun wieder so nah bei ihr wohnte, fand aber, ein einfaches Bäckerdasein sei unter seiner Würde.

»Ich mag eben Brot«, sagte mein Bruder, als meine Mutter ihn mit fragendem Blick in seinem neuen Laden besuchte. Dann nickte er in Richtung des Fensters. »Und die Welt da draußen ist mir zu langweilig.«

Damit war das Thema vom Tisch. Meine Mutter nickte ergeben, und mein Bruder war fortan der weltmännischste Bäcker, den unser Dorf je gesehen hatte. Und er backte das beste Brot, das unser Dorf je gegessen hatte. Darin lag für ihn der eigentliche Reiz am Bäckerdasein. Brot war immun gegen seinen Charme und seine Worte. Um gutes Brot zu backen, musste er sich Mühe geben.

Ulf hatte allerdings recht: Man sollte sich kein Geld von jemandem leihen, der keins übrig hatte. Wir waren also weiterhin pleite. Ein bisschen sexy waren wir sogar auch, denn inzwischen ernährten wir uns wieder halbwegs gesund. Wenn wir naschten, dann nur Zucker als Süßigkeitenersatz und Paniermehl als Chipsersatz. Für mehr reichte das Geld nicht.

Doch dann passierte etwas Merkwürdiges: Wir verdienten plötzlich Geld. Kein Vermögen, aber genug, um unsere Miete zu bezahlen. Es reichte sogar ab und zu für ein Eis. Irgendein erschreckend gut gelaunter Herrenausstatter aus Berlin-Mitte hatte unsere Gebrauchttoupets entdeckt und befunden, dass das ja wohl mal die »abgefahrenste fucking Idee ever« sei. Und dann wollte er unseren gesamten Bestand aufkaufen. Ulf und ich sahen einander an und zuckten mit den Schultern. Wir hatten das eigentlich nie so richtig ernst gemeint mit den Toupets. Aber wenn er denn meinte.

Im Grunde hätten wir wissen müssen, dass das Geschäftsmodell funktionieren würde: Nur wer zu gewöhnlich aussah, wurde in Berlin schief angeschaut. Dieses Phänomen machte auch vor hohem Alter nicht halt. Wir passten also unser Angebot der Nachfrage an. Was als Kunstprojekt begonnen hatte, bei dem wir alten Männern auf der Straße das künstliche Haupthaar vom Kopf rupften, um die empörten Gesichter zur Performance und somit zur Kunst zu erklären, wurde nun zum Broterwerb. Wir kauften preiswert graue Toupets ein, färbten sie in den punkigsten Farben, die uns einfielen, und meldeten ein Patent an. Dann belieferten wir den hippen Herrn Herrenausstatter regelmäßig mit so vielen Toupets, wie er wollte, ließen uns fürstlich bezahlen und taten schließlich, was wir schon lange hatten tun wollen: Wir zogen um.

Es war ein sehr schönes Haus. Zwischen Fundament und Firmament zählte ich zweiundzwanzig Fenster und eine Tür. Dazwischen waren Wände, um Fenster und Tür zu halten, und darauf lag ein Dach, das Regen und Wind abwehrte. Ein kluger Geist hatte einst dieses Haus ersonnen. Rechts und links wurde es von seinen Nebenhäusern gestützt, vermutlich war es also doch ein wenig wacklig auf den Beinen. Aber es war ja auch schon sehr alt. Und ich mochte es. Es war unser Haus. Eigentlich war es natürlich nicht unser Haus, sondern nur unsere Zwei-Zimmer-Wohnung darin, und auch die nur zur Miete. Aber es war trotzdem unser Haus. Und unsere Waschmaschine, die in den dritten Stock musste. Und unsere Umzugshelfer, die vor dem Ausladen nur noch mal schnell in den Aldi wollten, um Biernachschub zu besorgen. Vor einer halben Stunde.

»Wir könnten schon mal anfangen«, sagte Ulf lustlos.

»Mhm«, sagte ich und zeigte einem Busfahrer, der unseren Umzugswagen anhupte, den Mittelfinger. Ich fand sehr unhöflich, dass er hupte. Wir parkten zwar auf der Bushaltestelle, aber da sie direkt vor unserem Haus lag, war sie nach allen Maßstäben der Gesetzlosigkeit unsere Haltestelle.

»Wir könnten uns auch in die Kneipe da vorne setzen und in Ruhe abwarten«, sagte ich. Ulf nickte. Also schlossen wir meinen Hund, der stolz auf dem Beifahrersitz thronte, im Umzugswagen ein und betraten die Bar.

»Wenn meine Frau redet«, sagte einer der alten Griechen, als Ulf und ich schließlich mit zwei Bier am Tresen saßen, »wenn meine Frau redet, zähl ich immer die Worte.«

Natürlich wusste ich nicht, ob die alten Griechen wirklich Griechen waren. Wahrscheinlich eher nicht. Jedenfalls hatte der, der mit uns redete, nicht den Anflug eines Akzents. Außerdem hieß er Klaus. Aber für mich waren sie nun mal die alten Griechen, seit ich sie zum ersten Mal mit einer Flasche Retsina an der Theke dieser schummrigen Kneipe hatte sitzen sehen. Also seit zwei Minuten.

»Wieso das denn?«, fragte ich.

Der Grieche, der Klaus hieß, nippte an seinem Weißwein. »Damit ich eines Tages, wenn einer von uns auf dem Sterbebett liegt, sagen kann: Sieh an, Weib, wie sehr ich dich immer geliebt habe! Sechshundertvierundsiebzig Millionen zweihundertneunundsiebzigtausend dreihundertfünfundsechzig deiner überflüssigen Worte habe ich ertragen, ohne dich zu verlassen.« Er kicherte in sich hinein. Unser Grieche schien schon ein bisschen angetüdelt zu sein.

»Romantik pur«, sagte Ulf.

»Nicht wahr?«, fragte der Grieche und grinste glücklich ob seines vortrefflichen Lebensziels. Ich war ein bisschen neidisch. Ich hatte gar kein Lebensziel. Keinen Sinn. Kein gut klingendes Motto. Ich war einfach nur da. Anwesend. Und auch das nur, wenn ich meinen fünf Sinnen glauben durfte. Oder meinem angeblichen sechsten Sinn, an den ich aber nicht glaubte, weil ich ihn mit den anderen fünf Sinnen nicht wahrnehmen konnte. Meinem Leben fehlte ein Slogan.

Mein Leben – die Teilnahmeurkunde würde sich anbieten, war aber nicht gerade der Stoff, aus dem Blockbuster entstanden. Vielleicht musste ich also etwas an meinem Leben ändern. Irgendwas Heldenhaftes tun. Die Welt retten. Oder die Waschmaschine in den dritten Stock tragen. Es sah ohnehin so aus, als seien uns unsere Umzugshelfer endgültig entlaufen. Oder doch ein Kind kriegen. Das machte man doch so in meinem Alter. Und wenn mir ein Kind zu krass war, konnte ich mir ja wenigstens ein Hobby suchen. Hobbys waren doch so wichtig für ein erfülltes Leben, hatte zumindest meine Oma immer gesagt. »Hobbys«, hatte sie gesagt, »Hobbys braucht der Mensch!« Nicht etwa Nahrung, ein Heim oder gar Liebe. Nein, Hobbys braucht der Mensch. Weil er den Rest ja schon hat. »Und was man hat, das braucht man nicht, was man hat, hat man«, hatte meine Oma immer gesagt und natürlich recht damit gehabt, denn Omas haben immer recht. Leider fehlte mir für ein Hobby eine elementare Grundvoraussetzung: Ich mochte eigentlich nichts besonders. Obwohl, mein Hund war ganz okay. Wenn man ihm in die Nase pustete, nieste er und sah dabei ein bisschen aus wie Meister Yoda, aber spätestens nach dem dritten Mal drehte er sich einfach weg und leckte sich demonstrativ am Hintern. Ich staunte dann immer kurz und intensiv über seine subtilen Kenntnisse deutscher Schimpfwörter, aber zum Hobby reichte es irgendwie doch nicht.

Geringfügig unterhaltsamer war Ulf. Wenn ich ihm in die Nase pustete, tat er genau dasselbe wie mein Hund, nur erlaubte seine Gelenkigkeit kein Lecken am eigenen Hintern, was ihn in der Regel und verständlicherweise sehr wütend machte. Das wäre also durchaus als Hobby infrage gekommen, doch traute ich es mich nicht allzu oft, denn ich hatte keine Lust, mir einen neuen Freund zu suchen. Dafür musste man sich ständig treffen und sich miteinander beschäftigen und dem anderen zuhören. Ich wollte aber nichts über das Leben irgendwelcher anderer Menschen hören. Ich fand mein eigenes Leben schon langweilig genug.

»Synchronschwimmen«, sagte Ulf, als ich ihm den Gedanken mitteilte. »Synchronschwimmen könnte doch was für dich sein. Oder töpfern. Oder kochen, mal zur Abwechslung.« Ich bedankte mich höflich für die konstruktiven Vorschläge und pustete ihm dann in die Nase, woraufhin er nieste, zu lecken versuchte, fluchte und sich schließlich wieder seinem Bier zuwandte. Vielleicht sollte ich Serienmörderin werden, dachte ich. Wie ich vom Synchronschwimmen zur Serienmörderin kam, wusste ich auch nicht. Vermutlich lag es an der tristen Bar, in der wir saßen. Außerdem war das Serienmörderdasein in vielerlei Hinsicht menschlicher als

Synchronschwimmen: Man lernte, wenn auch nicht für lange, eine Menge neuer Leute kennen, man konnte sich dazu entschließen, seine Opfer nur kurz leiden zu lassen, und obendrein war das Serienmördertum eine der letzten hartnäckigen Männerdomänen, die förmlich danach schrien, von Frauen erobert zu werden. Ich konnte also mit meinem Hobby noch etwas für den Feminismus tun, und das war schließlich etwas Gutes, sagten zumindest die Feministen.

Einziges Problem: Ich konnte kein Blut sehen. Und wie würde das wohl aussehen, wenn ich schon bei meinem ersten Opfer wegen des ganzen Bluts umkippen würde? Das Gespött der Mörderszene wäre ich, und zur Serienmörderin würde ich es wahrscheinlich gar nicht bringen, geschweige denn zur Blockbustermörderin. Nein, man musste seine Talente, aber auch seine Grenzen kennen. Ich wäre eher im Danach gut, im Abstreiten der Tat oder in dramatischen Schuldeingeständnissen. So was konnte ich, dafür musste ich gar keine Morde begehen. Dafür könnte ich auch einfach in fremde Beerdigungen platzen und am Grab mit pathetischer Geste rufen: »Ich habe ihn nicht getötet!« und danach dem Pfarrer in die Nase pusten und gucken, was passiert.

»Geht's dir gut?«, fragte Ulf und riss mich aus meinen Gedanken.

»Klar«, sagte ich und fragte mich gleichzeitig, wie viel von meinem wirren Gedankenbrei der letzten Minuten ich laut ausgesprochen hatte.

Dabei waren die Griechen schuld. Kaum traf ich einen alten Griechen, schon wollte ich etwas aus meinem Leben machen. Das hatte die Natur eigentlich sehr gut eingerichtet. Im Gegensatz zu dieser Kneipe. Die war zwar auch ganz nett eingerichtet, was aber auf den ersten und, wenn man ehrlich war, auch auf den zweiten und dritten Blick nicht erkennbar war, weil die Einrichtung unter einer Schicht aus Staub, betrunkenen Fliegen und leeren Biergläsern verborgen lag. Es war nicht so, als sei sie hässlich. Sie zeichnete sich nur eher durch eine tiefgründige Schönheit aus. Wände, Stühle, Griechen: Alle sahen sie aus, als seien sie durch Spinnweben miteinander verwoben. Und um das Bild komplett zu machen, lag zu unseren Füßen ein dreibeiniger Hund. Ich sah ihn an und fragte mich, wohin sein verschwundenes Bein verschwunden war.

»Ich glaube, er hatte ein Raucherbein«, sagte Klaus, der meinem Blick gefolgt war. »Weil er hier in der Bar so viel passivrauchen muss.« Die anderen drei Griechen nickten wissend.

»Man hat ihm das Bein amputiert und dann den eigenen Knochen zum Abnagen gegeben«, sagte ein Anderer. Alle Griechen lachten und kraulten den Hund hinter den Ohren. Er war der glücklichste und traurigste Hund der Welt zugleich.

Sein Herrchen saß ein Stück entfernt am Tresen und beugte sich so tief über sein Glas, dass er das Bier fast durch die Nase einatmen konnte. »Es ist eine verrückte Welt«, murmelte er. Alle Griechen lachten und kraulten den Mann hinter den Ohren. Er war der glücklichste und traurigste Mann der Welt zugleich.

Die Kellnerin stand hinter der Theke und malte die verwaschenen Konturen ihres faltigen Gesichts nach. Jeder Mascara-Wimpernschlag, den sie auf die Jagd schickte und der ohne Beute zu ihr heimkehrte, schien sie mit größerem Hunger zurückzulassen, als irgendjemand jemals würde stillen können. »Es gibt wichtige und unwichtige Linien im Gesicht eines Menschen«, sagte sie, als sie meinen Blick bemerkte. Niemand lachte, weil keiner verstand, was sie damit sagen wollte. Verlegen kraulte sie sich selbst hinter den Ohren.

Der Mann, dem der Hund gehörte, hatte sein Bier inzwischen ausgetrunken und seinen Kopf auf die Arme gelegt. Leise schnarchte er vor sich hin. Er sah alt und müde aus. Und er kam mir bekannt vor. Aber das konnte nicht sein. Er konnte nicht sein. Nicht hier in Berlin.

Ich stand auf und ging langsam auf ihn zu. Dann beugte ich mich über ihn und strich eine fettige Haarsträhne aus seinem schlafenden Gesicht.

Es war Pallasch.

»Das meinst du nicht ernst.«

Ulf lag völlig erschöpft auf dem Boden unserer neuen Wohnung und kraulte meinen Hund. Um uns herum türmten sich die Umzugskartons. Sogar die Waschmaschine hatte es inzwischen bis in den dritten Stock geschafft. Ich hockte neben Ulf und öffnete wahllos einen Karton nach dem anderen. Währenddessen erzählte ich ihm von Anna und Pallasch. Ich war mir fast sicher, dass er zwischendurch mal eingenickt war, aber als ich bei der Nähnadel ankam, war er plötzlich hellwach.

»Das meinst du nicht ernst«, sagte er wieder. »Und der nette Herr sitzt gerade in unserer neuen Stammkneipe?«

Ich hoffte, dass er die Kneipe nicht wirklich zu unserer Stammkneipe machen wollte. Sie deprimierte mich.

»Ja«, sagte ich. »Aber für den weiß ich eine Lösung. Er schläft doch. Wir könnten uns einfach von hinten an ihn ranschleichen und ihm dann mit einem Messer seine stinkenden …«

Mit einem strengen Blick brachte Ulf mich zum Schweigen. Ich zog eine Packung Partyschminke aus einem Karton und hielt sie ihm vor die Nase.

»Darf ich ihm dann wenigstens einen albernen Schnurrbart malen?«

Zwanzig Minuten später stiegen wir wieder die Treppe hinauf. Es war ein sehr schöner Schnurrbart geworden. Die Kellnerin hatte nur mit den Schultern gezuckt, als wir uns ans Werk machten. »Es gibt wichtige und unwichtige Linien im Gesicht eines Menschen«, hatte ich gesagt, und sie hatte bedeutungsschwer genickt und uns bei der Arbeit zugesehen.

Im zweiten Stock kam uns eine sehr schwangere Frau entgegen. Wahrscheinlich hätte ich sie mir gar nicht genau genug angeschaut, um sie zu erkennen, wäre sie nicht bei meinem Anblick vor Schreck stehen geblieben und hätte versucht, möglichst unauffällig mit der Wand zu verschmelzen. Was recht aussichtslos war für eine hochschwangere Frau.

»Was machst du denn hier?«, fragte ich völlig perplex. Das konnte nun wirklich nicht sein. Ein zufälliges Wiedertreffen pro Tag konnte ich verkraften, aber dieses zweite erschien mir ein wenig surreal.

»Ich wohne hier«, sagte Anna. Sie schien sich nicht gerade über unsere Begegnung zu freuen, was mich fast so sehr wunderte wie die Begegnung an sich.

»Nun erschreck dich bitte nicht«, sagte ich vorsichtig. »Aber unten in der Kneipe sitzt Pallasch.«

Sie seufzte. »Ja, das hab ich schon befürchtet.«

Allmählich beschlich mich das Gefühl, irgendwas verpasst zu haben. Anna schob sich an mir vorbei und stieg weiter die Treppe hinab. Sie hatte wirklich einen sehr großen Bauch. Ich fragte mich, wie sie das aushielt, so einen großen Bauch mit sich herumzutragen.

»Wo gehst du denn hin?«, rief ich ihr hinterher.

Sie antwortete, ohne sich umzudrehen.

»Ich hole meinen Mann aus der Kneipe.«

3

Anna hatte den Verstand verloren. Das war die einzige Erklärung. Seit einer halben Stunde stand ich vor ihrer Wohnung und hämmerte gegen die Tür. Wenn man dem Klingelschild glauben durfte, wohnte sie mit Pallasch eine Etage über uns. Ab und zu lugten andere Bewohner des Hauses durch Türspalten, um die Quelle des nachmittäglichen Lärms auszumachen. Eine alte Frau stellte sich sogar fünf Minuten lang neben mich, verschränkte die Arme, schüttelte demonstrativ den Kopf und wippte genervt mit dem Fuß. Ich war einigermaßen beeindruckt von ihrer Choreografie, ließ mich aber nicht ablenken. Ich hatte eine Mission. Ich musste Anna vor Pallasch retten.

Nach einer gefühlten Stunde ging die Tür auf.

»Er schläft«, flüsterte Anna und klang dabei, als spräche sie von ihrem ungeborenen Kind und nicht von ihrem ungewaschenen Mann. In ihrer Stimme lag die Rücksicht einer Mutter, die zugleich unbändige Liebe für ihr Kind und die Erleichterung ausdrückt, dass das Biest endlich ruhig ist.

»Pallasch«, sagte ich, stellte mich vor sie, verschränkte die Arme, schüttelte demonstrativ den Kopf und wippte genervt mit dem

Fuß. Der alten Frau konnte ich nicht das Wasser reichen, doch ich machte meine Sache ganz gut.

»Ja, Pallasch.«

»Das meinst du nicht ernst.«

Anna seufzte und gab den Weg in ihre Wohnung frei.

»Aber sei leise«, flüsterte sie, als ich an ihr vorbei ins Wohnzimmer ging.

»Ja, ja, ich weiß, das Kind schläft.«

Ihre Wohnung war schön und groß. Nicht so schön und groß wie das Haus, in dem sie früher mit ihrer Mutter gewohnt hatte, aber schön und groß genug, um als schön und groß bezeichnet zu werden. In einer Ecke döste der dreibeinige Hund. Ich setzte mich aufs Sofa und sah Anna erwartungsvoll an.

»Liebst du ihn?«

Sie zuckte mit den Schultern.

»Er versteht mich.«

»Liebt er dich?«

»Keine Ahnung. Wir reden nicht so viel über so was. Aber ich mache ihn glücklich.«

»Ist er deshalb schon nachmittags besoffen?«

Ächzend ließ Anna sich in einen Sessel fallen.

»Er kommt nicht damit klar, Vater zu werden. Vorher ging es ihm eigentlich ganz gut.«

Ich runzelte die Stirn. Pallasch. Pädo-Pallasch. Die Sau.

»Also schläfst du mit ihm«, sagte ich und zeigte, nicht sehr originell, auf Annas Bauch. Sie grinste.

»Eigentlich nur das eine Mal. Er, na ja …«, sie zögerte einen Moment, »er kann nicht mehr so richtig.«

Ich zog die Augenbrauen hoch.

»Wieso nicht?«

»Die Nähnadel«, sagte Anna. »Ich glaub, ich hab da irgendeinen Nerv getroffen.«

Jetzt musste ich auch grinsen.

»Er hat’s verdient«, sagte ich.

»Ja, wahrscheinlich.« Anna starrte gedankenverloren auf eine Infobroschüre, die auf dem Wohnzimmertisch lag. »Finger weg!« stand darauf.

»Er ist kein schlechter Mensch, weißt du?«

Ich schnaubte. »Nein, er ist ein riesiges Stück Scheiße.«

Anna hob den Blick und sah mich nachdenklich an.

»Nein, ist er nicht.«

Annas und Pallaschs Geschichte

Sie war kein Kind mehr, als sie sich wiedertrafen. Er hatte sehr lange nach ihr gesucht. Sie war mit ihrer Mutter weggezogen, noch bevor er aus dem Krankenhaus kam, und hatte der Schule keine neue Adresse hinterlassen. Aber er wollte sie wiedersehen. Der Gedanke ließ ihn nicht los. Er musste sich entschuldigen.

Gefunden hatte er sie erst neun Jahre später auf einer Messe zum Schutz gegen sexuellen Missbrauch. Ausgerechnet. Er war natürlich nicht zufällig da. Eigentlich hatte er sie vorher schon gefunden, im Internet, als Gründerin einer Jugendberatungsstelle mit dem Namen »Fick dich doch selbst e.V.«. Er hatte gar nicht gewusst, dass Vereine so heißen durften. Auf der Messe war er eine halbe Stunde lang zwischen den Ständen umhergeirrt und hatte sich wie das dreckigste und abscheulichste Lebewesen gefühlt, das auf Erden wandelte. Er war Täter. Er gehörte nicht hierher.

Doch dann stand er vor ihr.

Und sie war schön.

Und sie lächelte ihn an.

Sie hatte nicht nach ihm gesucht. Aber manchmal an ihn gedacht hatte sie. Dass sie eher mitleidig als wütend an ihn dachte, wunderte sie selbst ein wenig. Aber er war ja auch bemitleidenswert. Vielleicht hatte sie deshalb nie jemandem erzählt, warum sie ihm die Nadel in den Schritt gerammt hatte. Irgendwie war es ihr vorgekommen, als sei eine Nähnadel im Penis Strafe genug. Und so war sie von der Schule verwiesen worden und hatte Woche für Woche einen Jugendpsychologen anlügen müssen, um ihre »gewalttätigen Tendenzen« unter Kontrolle zu bekommen. Ihre Mutter hatte sie kurz traurig angeschaut, dann aber getan, was sie immer tat: Sie fragte nicht nach und schlug stattdessen vor, mal wieder umzuziehen.

Als Pallasch nun plötzlich vor ihr stand, musste Anna lächeln. Sie wollte nicht lächeln, denn das hatte er nun wirklich nicht verdient. Aber sie lächelte trotzdem. Er sah besser aus als früher. Nicht mehr so getrieben und ohne seine oberflächliche Arroganz, ein bisschen abgestumpft vielleicht, aber auch mit einer Demut, die ihm gut stand. Sie wusste nicht, wieso, aber sie war froh, ihn so zu sehen.

Wann sie sich in Pallasch verliebte, konnte sie später nicht mehr sagen. Sie waren gut miteinander. Keiner von beiden hatte großes Interesse an Sex, und er unterstützte sie in allem, was sie tat. Sogar ihren Job in der Beratungsstelle fand er gut. Er druckte ihre Infobroschüren und verteilte sie auf der Straße, als könne er dadurch Buße tun. Und vielleicht konnte er das ja sogar. Sie tat ihm gut, er tat ihr gut. Alles war schön. So schön, dass sie irgendwann beschlossen, diese Sache mit dem Sex doch mal zu probieren.

Er war sehr nervös, weil er sicher war, dass es nicht funktionieren würde. Es hatte schon seit neun Jahren nicht mehr funktioniert. Allerdings hatte er sich auch keine besondere Mühe gegeben. Anna hingegen gab sich sehr viel Mühe. Und siehe da: Es brauchte zwar eine immense Überdosis an Viagra, aber es funktionierte.

Und danach war sie schwanger.

Zur Feier unseres Wiedersehens trieben Anna und ich einen klapprigen C64 auf und spielten nächtelang Tetris. Wir stellten den alten Kasten in unser chaotisches Wohnzimmer zwischen die Umzugskartons und unterbrachen unser Spiel nur, um ab und zu ein paar Stunden zu schlafen. Ich wollte, um den Moment zu würdigen, auch noch Gras kaufen und kiffen, aber Anna fand sich dafür zu schwanger. Während des Spielens brachten wir uns auf den neuesten Stand in einanders Leben. Anna erzählte von ihrer Arbeit und davon, dass ihre Mutter inzwischen seit sieben Jahren in einem sehr kleinen Haus mit einem sehr kleinen Mann zusammenlebte. Ich erzählte von Ernesto, von der Abtreibung und von meinem Vater.

Ulf erschien ab und zu im Türrahmen, sah uns kurz zu, kratzte sich ratlos am Kopf und packte dann weiter Umzugskartons aus. Ich vernachlässigte ihn ein bisschen.

»Wenn du nicht bald wieder mit mir redest, kauf ich mir einen Hamster«, sagte er irgendwann. Jedenfalls musste er das irgendwann gesagt haben, denn plötzlich stand ein großer Hamsterkäfig neben dem Computerbildschirm. Darin saß ein verängstiges Nervenbündel, das aussah, als wisse es genau, dass es nur aus Trotz gekauft worden war. Ein Trotz-Hamster.

Immerhin tat er seine Wirkung. Ich bekam ein schlechtes Gewissen. Aber zugleich war ich froh, Anna wiederzuhaben. Tetris spielen mit Anna war nicht wie Eis essen mit Ulf, doch dafür war es fast wie früher. Einmal versuchten wir sogar in alter Tradition, eine Bravo zu klauen, wurden aber erwischt. Anna wedelte so lange mit Bauch und Brüsten vor der Nase des Verkäufers herum, bis dieser in eine Art Trance verfiel, die ihn vergessen ließ, was wir getan hatten. Die Bravo ließen wir ihm trotzdem da. Er sah aus, als könnte er sie gebrauchen.

Es wäre wohl ewig so weitergegangen, hätte Ulf nicht eines Abends vorgeschlagen, Anna und Pallasch zum Essen einzuladen.

»Ich hab gehört, das machen Erwachsene so«, sagte er entschuldigend, als ich ihn entgeistert anstarrte. Zur Bekräftigung seiner Worte wedelte er mit der rechten Hand, in der er etwa zwanzig Gabeln hielt. Er hatte das Besteck gefunden. Endlich. Besteck war gut. Wer schon mal zwei Wochen ohne Besteck gelebt hat, weiß, dass uns kaum etwas so sehr von unseren urzeitlichen Vorfahren abhebt wie die Erfindung von Messer und Gabel. Es sei denn, man gehört zu jener Sorte Mensch, die auch beim Essen mit den Fingern einen Rest Anstand und Würde bewahren kann.

Wir gehörten nicht dazu.

»Na gut«, sagte ich. »Aber nur, wenn ich nicht mit ihm reden muss.«

Wir aßen also. Anna, Ulf, Pädo-Pallasch und ich saßen an unserem Küchentisch und stocherten in einer fettigen vegetarischen Lasagne herum. Die Hunde streckten in einer Zimmerecke ihre sieben Beine aus und waren mit sich und der Welt zufrieden. Wir hingegen saßen und aßen und waren alles andere als zufrieden. Ab und zu wedelte einer von uns mit den Händen durch die drückende Stille des Raums, als könne er dadurch die dicke Luft vertreiben. Aber es funktionierte nicht. Den ganzen Abend schwiegen wir einander an. Es war nicht so, dass ich nichts sagen wollte. Ich war nur zu sehr damit beschäftigt, Pallasch giftige Blicke zuzuwerfen, als dass ich ein nettes oder wenigstens neutrales Gesprächsthema hätte ersinnen können.

Ulf war der Einzige, der überhaupt etwas sagte. Wahrscheinlich kannte er die Kraft des zu langen Schweigens zu gut, um sich ihr hinzugeben.

»Und, wie habt ihr euch kennengelernt?«, fragte er Anna und Pallasch.

Ulf fand so was lustig. Aber es gab auch wenig, was er nicht lustig fand. Ich vergrub mein Gesicht in meinen Händen, Anna grinste gezwungen, und Pallasch sah Ulf an, als habe er den Verstand verloren.

In Momenten wie diesem war ich sehr verliebt in Ulf. Er machte schlimme Situationen noch so viel schlimmer, dass sie am Ende auf wundersame Weise erträglich wurden. Er brachte alle Beteiligten an einen Punkt, an dem irgendwie alles egal wurde. Und sobald alles egal war, ließ es sich plötzlich wieder aushalten. Doch an dieser Runde scheiterte selbst Ulf. Der Abend blieb zäh.

Ulf ignorierte diesen Umstand erfolgreich, Pallasch sah aus, als träume er von einer sehr großen Flasche mit sehr hartem Alkohol darin, und auch ich war nicht allzu überrascht. Nur Anna schien enttäuscht zu sein.

»Du gibst ihm gar keine Chance«, sagte sie nach dem Essen zu mir, als wir uns zu zweit auf den Boden neben die Hunde gehockt hatten und sie hinter den Ohren kraulten. Sie blickte zu Pallasch, der noch mit Ulf am Küchentisch saß und mit ihm über Kinder fachsimpelte. Eigentlich fachsimpelte nur Ulf. Pallasch saß bloß da und brummte ab und zu unverbindlich. Kurz überlegte ich, so etwas Dramatisches wie »Er hatte seine Chance!« zu antworten, entschied mich dann aber für die Taktik, die sich den Abend über bewährt hatte: Ich schwieg.

Die beiden Hunde sahen aus, als seien sie schon immer beste Freunde gewesen. Meine Hündin hatte den Kopf auf den Hals von Annas altem Rüden gelegt und schaute mich aus unschuldigen Augen an.

»Ich wusste gar nicht, dass du auf alte, gebrochene Männer stehst«, sagte ich zu meiner Hündin. Ulf stellte sich neben uns.

»Ja, erschreckend«, sagte er. »Ein bisschen wie du, Anna.«

Die beiden Hunde, Anna und ich guckten Ulf an. Ulf grinste gelassen zurück. Allmählich beschlich mich der Verdacht, dass er wirklich Spaß an diesem Abend fand.

»Und du findest, dass ich schlechten Männergeschmack habe«, sagte Anna zu mir. Doch ihre Mundwinkel zuckten. Und sogar Pallasch sah aus, als müsse er ein Lächeln unterdrücken.

Und dann kam gestern Nacht. Hätte ich da bereits gewusst, was heute für ein Tag werden würde, wäre ich vielleicht schon früher abgehauen. Stattdessen lag ich schlaflos im Bett und dachte über den vergangenen Abend nach.

»Wenn Anna mit Pallasch klarkommt«, sagte ich, »dann müsste ich das doch eigentlich auch können, oder?«

»Mhm«, sagte Ulf und klang dabei ein bisschen, als habe man gerade ein USB-Kabel aus ihm herausgezogen. »M-hm«, machte er. »Dö-düm.« Wie mein Computer. Das machte er sehr oft. »Dü-döm« hingegen macht er nur selten. Vielleicht, weil nur selten jemand ein USB-Kabel in ihn hineinsteckte.

Es war vier Uhr nachts, und ich war immer noch wach. Ulf nicht. Er lag mit geschlossenen Augen und weit geöffnetem Mund neben mir im Bett. Da ich schon sehr lange wach war, hatte er den Mund voller Erdnüsse und Anti-Baby-Pillen, die ich ihm in meiner Langeweile in den Rachen geworfen hatte. Faszinierenderweise schaffte er es trotzdem, »dö-düm« zu machen. Ab und zu bildete er sogar ganze Sätze. Er rief dann plötzlich Dinge wie: »This is Sparta!«, spuckte Erdnüsse, öffnete die Augen und befühlte lächelnd seine Armmuskeln. Dann schlief er weiter.

Ich mochte sein merkwürdiges somnambules Gebaren. Es unterhielt mich während meiner unfreiwilligen Nachtwache. Und Unterhaltung konnte ich gebrauchen, denn ansonsten hatte ich nicht allzu viel zu tun. Schlaflosigkeit ist ein seltsamer Fluch. Sie raubt zwar die nächtliche Ruhe, doch schenkt sie einem dafür ein paar Stunden bloßer, reiner Existenz. Man ist ein denkender Blubb. Man erfüllt seine Anwesenheitspflicht auf dieser Welt, mehr nicht. Und dabei wird man Nacht für Nacht ein wenig klüger. Es ist erstaunlich, wie klug man wird, wenn man ein paar Nächte lang nicht schlafen kann. Je mehr man tagsüber einem Zombie gleicht, desto klarer wird der nächtliche Verstand.

Ich wachte also vor mich hin und war klug. Ich zählte eine Nachkommastelle von Pi nach der anderen auf, löste in Gedanken den Nahostkonflikt und dachte mir eine Argumentationskette aus, die Til Schweiger dazu bringen würde, nie wieder einen Film zu drehen. All das mühelos und innerhalb weniger Sekunden. Nur Annas Männerwahl wollte sich mir einfach nicht erschließen, so sehr ich auch grübelte.

Eigentlich mischte ich mich nicht gern in das Leben anderer Leute ein. Die wenigsten Menschen taten Dinge, die ich nachvollziehen konnte. Würde ich das jedem Einzelnen sagen, wäre ich sehr lange beschäftigt. Und niemand hätte etwas davon. Doch es ging immerhin um Anna. Und Pädo-Pallasch.

Das war allerdings nicht das Einzige, das mich zum Grübeln brachte.

»Na ja, ganz süß sind sie ja schon irgendwie, diese Kinder, von denen immer alle reden«, hatte Ulf vorhin in seiner Fachsimpelei mit Pallasch gesagt und auf Annas Bauch gedeutet. »Mit ihren kleinen Händchen und kleinen Füßchen und kleinen Köpfchen und kleinen Näschen und großen Äuglein.« Ob ich das nicht auch fände, hatte er mich gefragt. Ich hatte ihn schockiert angeschaut und dann »dö-düm« gemacht, aber Ulf hatte mich nicht verstanden. Und jetzt lag ich wach und fragte mich, ob Ulf in seinem gut gemeinten Konversationsversuch einfach so verzweifelt nach einem Gesprächsthema gesucht hatte, dass seine Worte völlig bedeutungslos waren, oder ob er tatsächlich und ganz bewusst den ersten Schritt in Richtung unseres Verderbens gegangen war. Wir hatten schließlich einen Deal. Aber es sah ganz so aus, als wolle er mir in den Rücken fallen.

Plötzlich sah ich, dass Ulf mich beobachtete. Gemächlich kaute er auf den Erdnüssen und Anti-Baby-Pillen herum und guckte mich aus großen runden Augen an. Ich guckte zurück und fragte mich, ob er wirklich wach war. Etwa zehn Sekunden lang starrten wir einander an. Dann machte Ulf »dö-düm«, schluckte den Erdnuss-Pillen-Brei herunter, schloss die Augen und fing an zu schnarchen. Wusste ich doch, dass er noch schlief. Manchmal fragte ich mich, ob er, seit wir uns kannten, überhaupt schon mal wach gewesen war. Vielleicht schlafwandelte er seit drei Jahren, und ich hatte es einfach nie bemerkt.

Ich schaute aus dem Fenster. Der Himmel war hellgrau. Es wurde schon wieder Tag. Ich überlegte, ob ich es schaffen konnte, wach zu bleiben, bis es wieder dunkel wurde. Mal wieder ein bisschen Tageslicht abzubekommen würde mir nach all den nächtlichen Tetris-Exzessen bestimmt guttun. Vielleicht sollte ich Ulf wecken und verführen, um mich wach zu halten. Bei der Menge Anti-Baby-Pillen, die er geschluckt hatte, würde er heute Nacht bestimmt nicht schwanger.

Doch plötzlich klingelte es an der Tür. Der Postmann wahrscheinlich. Ich blieb also liegen. Wer um sieben Uhr morgens bei uns klingeln konnte, konnte auch um sieben Uhr morgens bei unserer Nachbarin klingeln. Aber es hörte nicht auf. Im Gegenteil, es wurde immer rhythmischer, als wollte jemand auf unserer Türklingel *Alle meine Entchen* spielen, obwohl es nur einen Ton gab.

Ulf grunzte und schubste mich aus dem Bett. Ich fand es ein bisschen unfair, mich so früh morgens aus einem Hochbett zu schubsen, aber wenigstens landete ich halbwegs weich, weil das Hundekörbchen direkt unter dem Bett stand. Mein Hund grunzte und schubste mich aus seinem Körbchen. Ich war von Liebe umgeben.

Verschlafen stolperte ich in meine Klamotten und öffnete die Tür.

Auf dem Boden vor mir lag Anna.

»Das Ding da will raus«, japste sie und hielt sich den Bauch.

Danach ging alles sehr schnell. Wenn auch nicht so schnell, wie es sollte. Ich ließ Anna auf dem Boden liegen, rannte panisch ins Schlafzimmer zurück und rief Ulf zu: »Steh auf, Annas Kind kommt!«

»Bist du sicher?«, fragte Ulf verschlafen. Ulf hatte ein sehr inniges Verhältnis zu seinem Schlaf. Manchmal fragte ich mich, wen er mehr liebte: seinen Schlaf oder mich. Ich hätte auch brüllen können: »Mein Kopf steckt zwischen den Kiefern eines riesigen Alligators!«, er hätte trotzdem gefragt, ob ich mir auch ganz sicher sei. Ich antwortete also gar nicht erst, denn Ulf konnte im Schlaf ganze Grundsatzdiskussionen führen. Stattdessen kletterte ich wieder ins Bett und schubste ihn aus selbigem ins Hundekörbchen. Dann rief ich ein Taxi.

Ich freute mich schon ein bisschen auf die dramatische Taxifahrt, bei der der Fahrer sämtliche rote Ampeln und ein paar Fußgänger überfahren würde, während wir auf der Rückbank eigenhändig Annas Kind zur Welt brachten. Aber die Realität wollte nicht so wie ich. Die Realität wollte vielmehr, dass das Krankenhaus direkt um die Ecke lag und der Taxifahrer uns im gemütlichsten all seiner Schritttempi dorthinkutschierte. Das Einzige, was an dieser Fahrt dramatisch war, waren die Schimpfwörter, die bei jeder Wehe aus Annas Mund kamen.

Erst als wir im Krankenhaus angekommen waren und Anna ein paar Schwestern um sich hatte, die interessiert ihren Flüchen lauschten, kam mir in den Sinn, dass jemand fehlte.

»Wo ist eigentlich Pallasch?«, fragte ich.

Ulf zuckte mit den Schultern.

»Nicht da, wo er sein sollte.«

Anna rief dazwischen, man möge ihr doch bitte eine Hand reichen, die sie traditionsgemäß während der Geburt zerquetschen könne, denn das gehöre sich so. Ulf und ich tauschten einen zögerlichen Blick und streckten dann schicksalergeben jeweils eine Hand aus. Ulf die linke, um seine rechte noch benutzen zu können, und ich die rechte, um meine linke noch benutzen zu können.

Und dann quetschte Anna. Das Baby musste völlig von selbst auf die Welt geflutscht sein, denn bei der Kraft, die Anna aufs Händezerquetschen verwendete, konnte unmöglich noch Kraft zum Babyrausquetschen übrig sein. Trotzdem war es nach einer schmerzerfüllten Stunde schließlich da und Anna lag mit einem winzigen Häuflein Mensch auf dem Arm im Bett. Ich wusste nicht, was in dieser Stunde passiert war. Ich wusste nur, dass ich meine Hand nie wieder würde bewegen können.

Die Schwester brachte zuerst Ulf und mir Eis, um unsere Hände zu kühlen, und dann Anna ein Glas Wasser.

Ich lobte im Stillen ihre Prioritäten.

»Das haben Sie sehr gut gemacht«, sagte die Schwester. Anna lächelte müde, aber ich hatte den Verdacht, dass die Schwester vor allem Ulf und mich meinte. Und recht hatte sie. Anna hatte ein Kind durch ein Loch geschoben. Na bravo. Dafür hatten Ulf und ich jeweils eine Hand geopfert.

Zwei Stunden später schliefen sowohl Anna als auch das noch namenlose Kind, und Ulf und ich gingen nach Hause.

Als wir ankamen, holte Ulf mit noch immer zitternder Hand einen Stapel Spielkarten aus dem Schrank.

»Was hast du vor?«, fragte ich.

»Na, was wohl?«, antwortete Ulf. »Setz dich, wir spielen jetzt Mau-Mau.«

HIER
UND
JETZT

1

Ich sitze in unserer Stammkneipe. Vor mir steht eine große Apfelschorle, in der ich meinen Frust zu ertränken gedenke. Doch lange werde ich hier nicht bleiben können. Ich gucke zur Tür und denke an Ulf, der oben in der Wohnung bestimmt schon vom Klo zurück in die Küche gekommen ist und sich gerade fragt, warum ich ihm so einen bekloppten Zettel geschrieben habe. Schließlich rauche ich gar nicht.

»Ich wollte immer eine Bank ausrauben«, sagt Klaus, der neben mir an der Theke sitzt. »Also nur einmal, bevor ich sterbe, weißt du?« Er hält meine To-do-Liste in der Hand und starrt nachdenklich darauf.

»Warum hast du nicht?«, frage ich.

»Ach, was soll ich mit der Kohle? Ich hab stattdessen einfach eine Bank geklaut. Eine richtige, aus dem Park. Die steht jetzt bei mir im Flur.« Klaus fängt an zu kichern.

Während der letzten zehn Minuten habe ich den alten Griechen von meinem Vater und Ulfs Kinderwunsch erzählt. Ich glaube, sie haben mich nur aus Nettigkeit reden lassen, weil meine verheulten Augen so mitleiderregend aussahen. Einer nach dem anderen ließen sie während meines Vortrags ihre Köpfe auf die Theke sinken. Einer schnarcht sogar unverhohlen. Nur Klaus scheint ehrlich interessiert zu sein. Vor allem an meiner To-do-Liste, die ich eben aus meiner Tasche gezogen habe.

Ein bisschen bereue ich, dass ich nicht selbst auf die Idee mit dem Bankraub gekommen bin. Ich nehme die Liste aus Klaus' Händen, suche den Punkt »Zigaretten holen gehen und nicht wiederkommen« und mache ein Häkchen daneben. Sofort stellt sich das gute Gefühl ein, etwas geschafft zu haben.

Dann starre ich auf das alte Blatt Papier und frage mich, was passiert, wenn man das untere Ende einer To-do-Liste erreicht. Was sind To-do-Listen schon anderes als eine Erinnerung daran, dass man erst sterben darf, wenn man den Müll runtergebracht hat? Gibt es überhaupt einen Menschen auf der Welt, der schon mal eine To-do-Liste komplett abgearbeitet hat? Und wenn ja, was ist danach passiert? Ich vermute, er hat einfach eine neue geschrieben. Was sollte er auch sonst tun?

»Ich kenne keinen einzigen Menschen, der keine To-do-Liste hat«, sage ich.

Klaus kichert mit der Ausdauer des Betrunkenen noch immer über seine geklaute Parkbank.

»Na und?«, fragt er.

»Ich verstehe nicht, wieso«, sage ich.

»Aber du hast doch selber eine.«

»Ja, aber als ich meine Liste geschrieben habe, war ich noch jung. Und hässlich.«

»Hässlich?«, fragt Klaus. Er ist ein sehr gutes Echo.

»Ja, hässlich. Das hat zwar nichts mit der Liste zu tun, ist aber eine gute Ausrede für alle Gelegenheiten.«

»Was hast du denn gegen solche Listen?«

»Nichts. Ich frage mich bloß, warum wir sie überhaupt brauchen«, sage ich. »Sollte man die Zeit, die ins Erstellen der Liste fließt, nicht besser in die Dinge stecken, die man noch tun muss?«

Klaus streicht sich nachdenklich übers Kinn.

»Aber woher«, fragt er und wedelt mit seinem Zeigefinger vor meiner Nase herum, »woher soll man denn wissen, was man noch tun muss, wenn man keine Liste hat, die einem sagt, was man noch tun muss?«

Mit diesen Worten und einem abenteuerlichen Schwanken lässt er sich vom Barhocker gleiten und trottet in Richtung Toiletten davon. Ich mag seine Logik. Zwar habe ich den Verdacht, dass sie irgendeinen Denkfehler enthält, aber ich mag sie trotzdem.

Ich gucke wieder auf meine Liste:

1. auf ein Backstreet Boys-Konzert gehen
2. mit Ernesto aus der 10a Sex haben ✓
3. Zigaretten holen gehen und nicht wiederkommen ✓
4. Rache an Ernesto üben
5. glücklichen Menschen über fünfzig finden
6. Vater enträtseln

Vielleicht sollte ich wirklich herausfinden, was geschieht, wenn jeder Punkt auf meiner Liste abgehakt ist. Sie ist zwar nur ein alter Fetzen Papier, doch sie hat mich durch meine gesamte Jugend begleitet. Vielleicht muss ich sie abarbeiten, um mit meiner Jugend abzuschließen. Der Gedanke kommt mir ein bisschen albern vor, aber irgendwie gefällt er mir trotzdem. Es gibt Dinge, die man getan haben muss, bevor man erwachsen werden kann. Diese Dinge variieren natürlich. Je nach Mensch und je nach Leben. Bei manchen sind es Drogen, Weltreisen oder dubiose Sexpraktiken. Bei mir sind es wohl die Dinge, die ich im Laufe meiner Jugend auf einen Zettel gekritzelt habe. Und welcher Moment würde sich besser eignen, um all die Dinge zu tun, als dieser? Ulf will ein Kind von mir. Mutter sollte man nicht werden, solange man noch eine unverarbeitete Jugend mit sich herumträgt.

Ich frage mich, was mein Vater dazu sagen würde. Gar nichts, wahrscheinlich. Er würde mich aus der Bar schieben und davor als Wache aufstellen, um sich dann einen Schnaps zu bestellen. Ich hoffe, Meister Yoda war nett genug, ihm eine Flasche Wodka in den Sarg zu legen.

Ich bezahle meine Apfelschorle und verlasse die Bar. Ich bin froh, endlich ein Ziel zu haben. Wenn ich meine Liste wirklich abarbeiten will, muss ich in den Ort fahren, in dem ich aufgewachsen bin. Aber vorher will ich noch bei Anna vorbei.

Also gehe ich ins Krankenhaus. Anna begrüßt mich fröhlich, als ich ihr Zimmer betrete, aber ich sehe einen Hauch Enttäuschung in ihrem Blick aufglimmen, als sie erkennt, dass ich es bin, die an die Tür geklopft hat. Sie scheint auf jemand anders zu warten.

»War Pallasch schon da?«, frage ich deshalb als Erstes.

Anna schüttelt den Kopf.

»Der sitzt wahrscheinlich gerade in seiner Stammkneipe und säuft sich das Gehirn weg«, sagt sie.

»Tut er nicht, da war ich gerade.«

Sie zuckt mit den Schultern.

»Wie geht's deiner Hand?«, fragt sie ein bisschen schuldbewusst. Ich grinse.

»Geht schon.«

Ich setze mich auf die Bettkante, und Anna legt mir ihr Kind in den Arm. Es ist rot und runzelig und sabbert ein bisschen. Süß sind sie ja schon, diese Biester. Aber ich will jetzt nicht über Kinder nachdenken. Ich habe eine Liste abzuarbeiten.

»Was ist los mit dir?«, fragt Anna, nachdem wir eine Weile geschwiegen haben. »Du siehst aus wie ein Zombie.«

»Mein Vater ist tot«, sage ich. »Ich hab nicht geschlafen. Und ich muss mal ein paar Tage weg. Das ist alles.«

Anna nimmt mir ihr Kind wieder ab und streicht mir mit der freien Hand eine Haarsträhne aus dem Gesicht.

»Scheiße«, sagt sie. Ich nicke. Und dann weine ich wieder. Das wird allmählich ein wenig lästig. Ich frage mich, wann es wohl endlich aufhört.

»Wie soll der Kleine eigentlich heißen?«, frage ich, um das Thema zu wechseln, und wische mir die Tränen ab. Anna will gerade antworten, da unterbricht uns ein zögerliches Räuspern. Pallasch steht im Türrahmen. Und er hat Blumen in der Hand.

»Das wurde auch Zeit«, sagt Anna. »Komm her und nimm dein Kind!« Sie streckt ihm das Baby entgegen, doch Pallasch rührt sich nicht von der Stelle. Ich gucke von Anna über das Baby zu Pallasch und wieder zurück. Anna starrt ihren Mann düster an, fast berechnend. Pallasch blickt zu Boden.

»Lieber nicht«, sagt er leise. Erst jetzt fällt mir auf, dass ich ihn seit unserem Wiedertreffen kaum ein Wort habe sagen hören. Er klingt müde und resigniert. Anna runzelt die Stirn.

»Wenn du deinen Sohn nicht halten willst, nenne ich ihn Rüdiger, und du darfst ihn nie wiedersehen«, sagt sie. Pallasch sieht kurz aus, als sei ein unbekannter Sohn namens Rüdiger ein kleiner Preis für die Möglichkeit, auf dem Absatz kehrtzumachen und einfach wieder abzuhauen. Aber dann holt er tief Luft und kommt langsam auf Annas Bett zu. Er legt die Blumen auf dem Bett ab und streckt Anna seine Hände entgegen. Doch als sie ihm das Baby in den Arm legen will, zuckt er zurück.

»Sei nicht so ein Weichei«, sagt sie.

Ich sehe dem Schauspiel zu und frage mich, ob es klug ist, so hart mit Pallasch umzugehen. Sogar mir fällt es schwer, kein Mitleid mit ihm zu haben, denn er wirkt mehr und mehr wie ein verängstigter Schuljunge. Aber Anna scheint zu wissen, was sie tut. Einen Moment später hält Pallasch seinen Sohn im Arm und wirkt völlig verblüfft, dass er so etwas absurd Schönes hervorgebracht haben soll.

Einen Moment lang ist die Welt in Ordnung. Vater und Sohn blicken einander zum ersten Mal in die Augen, und obwohl es Pallasch ist, könnte ich fast schon wieder weinen. Es würde mich nicht wundern, wenn plötzlich ein Streichquartett ins Krankenzimmer geplatzt käme, um den Moment mit der ihm gebührenden Musik zu unterlegen.

Doch Glück hat die dumme Angewohnheit, nicht ewig zu währen. Dieses hält genau siebzehn Sekunden an. Dann dreht sich der Säugling in Pallaschs Arm und streckt eine kleine Hand aus, um sich an der Brust seines Vaters festzuhalten. Pallasch erwacht abrupt aus seiner seligen Trance, lockert seinen Griff, um die Berührung des Babys abzuwehren, und tut dann etwas so Dummes, dass ich es selbst ihm nicht zugetraut hätte: Er lässt sein Kind fallen.

Pallaschs Geschichte

Pallasch war kein gemeines Kind. Er kannte den Unterschied zwischen richtig und falsch so gut wie jeder andere auch. Er verwechselte die beiden nur ab und zu. Wie andere Menschen eine Links-Rechts- oder Rot-Grün-Schwäche hatten, so hatte er eben eine Richtig-Falsch-Schwäche.

So stand er beispielsweise vor der Mülltonne auf dem Schulhof, unter dem linken Arm einen Müllbeutel und unter dem rechten Arm Jonas aus der ersten Klasse, und grübelte. Einer von beiden gehörte in die Tonne, so viel wusste er. Und weil er sich nicht merken konnte, welche die richtige Antwort war, warf er vorsichtshalber beide hinein. Natürlich wurde er dafür bestraft. Seine Eltern hielten es für eine originelle Idee, ihn eine Nacht in der heimischen Mülltonne schlafen zu lassen, damit er endlich den Unterschied zwischen richtig und falsch lernte. Warum dieser Unterschied ausgerechnet auf dem

Boden einer Mülltonne zu finden sein sollte, erklärten sie ihm jedoch nicht. Und tatsächlich lernte er in dieser Nacht kaum etwas, das er nicht auch in einem weichen, sauberen Bett hätte lernen können. Nur den Wert von Hygiene.

Die Nacht in der Tonne brachte ihm also nichts weiter ein als eine hartnäckige Erkältung und das ebenso hartnäckige Gefühl, dass dem Ganzen ein gewisser symbolischer Wert innewohnte. Menschen glaubten stets, dass sie, um Dingen auf den Grund zu gehen, tief zu tauchen hatten – in Seen, im Brackwasser zwischenmenschlicher Gefühlskanäle oder eben in Mülltonnen. Dabei fand Pallasch, dass die Wahrheit nicht selten an der Oberfläche schwamm. Wie Schimmel auf Kaffeepfützen. Oder auf Menschen. Natürlich waren Menschen, insbesondere lebendige, eher selten von Schimmel befallen. Doch manchmal war ihr Charakter von einer schimmelähnlichen Substanz bedeckt, die nur Pallasch sehen konnte. Das war seine geheime Superkraft. Sie sagte ihm wenigstens über andere Menschen, ob diese richtig oder falsch waren. Wenn Schimmel drauf war, war auch Schimmel drin.

Am nächsten Morgen brauchte Pallaschs Vater wieder Platz für den Abfall und kippte seinen Sohn deshalb aus der Tonne direkt vor die Füße von Jonas aus der ersten Klasse, bei dem er sich für das Missgeschick zu entschuldigen hatte, ihn mit Müll verwechselt zu haben.

Pallasch fühlte sich missverstanden. Und so hielt er es fortan mit Entscheidungen zwischen richtig und falsch wie mit Mülltonnen: Er suchte ihre Nähe nur, wenn er etwas wegzuwerfen hatte. Einen Kaffee beispielsweise. Oder eine Beziehung. Und wenn er doch einmal eine Entscheidung fällen musste, tat er dies nach einem wohldurchdachten Prinzip: Er warf eine Münze.

So kam es, dass Pallasch recht einsam wurde. Wer eine Münze wirft, liegt durchschnittlich jedes zweite Mal falsch. Und Pallasch hatte Pech im Spiel. Sollte er mit der Freundin seines besten Freundes schlafen? Die Münze sagte ja. Sollte er der alten Dame über die Straße helfen und danach ihre Handtasche klauen? Die Münze sagte ja. Sollte er der schönen Frau im Club eine Prise LSD in den Mojito mischen? Die Münze sagte nein. Pallasch leistete ihr Folge und schluckte seine Pillen selbst, woraufhin er der Frau den Mojito ins Gesicht kippte und den Barkeeper zusammenschlug.

Schließlich hatte er jeden Freund hintergangen und jeden Bekannten vor den Kopf gestoßen, jede Frau verschreckt und jedes Kind verängstigt. Also beschloss er, sich fortan von jeglicher Verantwortung und von allen Menschen fernzuhalten: Er wollte Leuchtturmwärter werden.

Es war der einsamste Beruf, der ihm einfiel. Und er mochte das Meer. Ein enger Turm, umgeben von tosenden Wellen, das stellte er sich gut vor. Keine Menschen, kein Schimmel, keine Verantwortung. Nur er als alter Mann und das Meer als letzter Ausweg. Leider herrschte in seinem näheren Umkreis ein eklatanter Mangel an Leuchttürmen. Und auch das Meer war nirgends zu sehen. Da es ihm für eine intensivere Leuchtturmsuche an Unternehmungslust fehlte, beschloss er, stattdessen Wettkampfschwimmer zu werden. Zwar war das Schwimmbad nur ein billiger Abklatsch des Meeres, doch im Wasser konnte er die Existenz der anderen Menschen fast ausblenden. Außerdem trainierte er immer nur abends, wenn außer ihm niemand mehr im Becken war. Er schwamm Bahn für Bahn und fühlte sich wie ein kleines Stück schimmeliger Wahrheit, das auf einer Kaffeepfütze trieb. Ein Eremit in der Großstadt. Es war eine gute Zeit. Zwar trainierte er nicht annähernd genug, um wirklich Wettkämpfe zu schwimmen, doch das Arbeitsamt bezahlte seine Jahreskarte für die Schwimmhalle und sein tägliches Bier für die Einsamkeit. Es war kein Leuchtturm, aber es funktionierte.

Allerdings fiel irgendwann auch dem Amt auf, dass es einem Freizeitsportler seinen lauen Lebenswandel finanzierte. Gerade glaubte Pallasch, sein Schicksal im Griff zu haben, da kam die Umschulung.

Zwar wäre er zur Not ohne Schwimmen ausgekommen, nicht aber ohne Bier. Er musste also Geld verdienen. Leider waren die wenigsten seiner Fähigkeiten auf Broterwerb ausgelegt. Das Einzige, was er sein konnte und der Staat brauchte, war Sportlehrer.

Und dann war die Verantwortung plötzlich überall. Sie tobte um ihn herum, sie schrie, sie lachte, sie kletterte an Seilen hoch und fiel auf dicke, weiche Matten. Manchmal fiel sie auch auf den harten Hallenboden. Dann heulte sie und wollte in den Arm genommen werden. Das war keine gute Zeit.

Doch dann war da Anna.

Als er ihr zum ersten Mal gegenüberstand, sah er den schimmelfreisten Charakter seines Lebens. Er wusste, wen er da vor sich hatte, und er wusste, dass sie die Antwort auf eine lange gestellte Frage war. Was er nicht wusste, war, wie er sich nun richtig verhalten sollte. Vor ihm stand ein Mädchen, doch er sah die Frau, die es mal werden würde.

Das Mädchen war ein Kind, war unantastbar.

Die Frau war sein Glück, war alles, was er wollte.

Pallasch warf eine Münze. Das Mädchen gewann.

Also behandelte er Anna wie Dreck. Er verspottete sie. Er schob sie mit aller Kraft von sich weg. Das funktionierte genau bis zu dem Tag, an dem er begann, sein Bier nicht mehr abends, sondern schon morgens zu trinken.

Danach dauerte es nicht lange, bis er seine Antwort bekam, und zwar in der Form einer Nähnadel. Es war eine gute Antwort. Keine andere hatte er verdient.

Anna hinterließ ihm zwei Dinge: annähernde Impotenz und den Beschluss, nie wieder Verantwortung zu tragen. Diesen Entschluss brach er kein einziges Mal. Bis er plötzlich seinen Sohn auf dem Arm hielt.

Man soll Kinder nicht fallen lassen. Vor allem Babys soll man nicht fallen lassen. Sie sind klein und gehen schnell kaputt. Glücklicherweise gehen sie nicht ganz so schnell kaputt, wenn sie weich landen. Annas und Pallaschs Baby zum Beispiel findet es zwar gar nicht gut, fast einen Meter in die Tiefe zu stürzen, landet aber auf einem so gut gepolsterten Bett, dass es ganz und gar nicht kaputtgeht. Es federt ein paar Mal auf und ab, dann schreit es sich die Seele aus dem Leib. Aber es ist noch heil. Das Geschrei klingt zwar nicht schön, hat jedoch den großen Vorteil, dass Anna vorläufig zu beschäftigt mit ihrem Kind ist, um Pallasch an die Gurgel zu springen. Das gibt ihm gerade genug Zeit, um rückwärts über einen Stuhl zu stolpern, sich wieder aufzuraffen und dann aus dem Raum zu fliehen.

»Scheiß Feigling!«, brüllt sie ihm hinterher und wiegt dabei ihr Kind im Arm. Ich warte geduldig, bis sowohl Anna als auch das Baby aufgehört haben zu schreien.

»Ich kann auch hierbleiben«, sage ich dann.

Anna schüttelt den Kopf.

»Nee, hau bloß ab«, sagt sie und lächelt ein bisschen. »Rüdiger und ich kommen schon klar.«

Als ich aus der Tür des Krankenhauses trete, sehe ich Pallasch auf einer Bordsteinkante sitzen und mit zitternden Fingern eine Zigarette drehen. Ich bleibe stehen und schaue ihm dabei zu, wie er sich die Zigarette zwischen die Lippen steckt und vergeblich versucht, seinem Feuerzeug eine Flamme zu entlocken. Er tut mir leid. Heute Morgen hätte ich das noch nicht für möglich gehalten, und vielleicht hat er es auch nicht verdient. Doch er tut mir trotzdem leid. Kurz überlege ich, zu ihm zu gehen und etwas Aufmunterndes zu sagen. Aber so recht will mir nichts einfallen.

»Kopf hoch, alter Mann, du stehst zwar auf kleine Mädchen, und deine Frau hasst dich, aber eigentlich ist doch alles gar nicht so schlimm!«

Das klingt selbst in meinem Kopf nicht sehr überzeugend. Pallasch muss also ohne meine wohlwollenden Worte auskommen. Ich schultere meinen Rucksack und steige vor dem Krankenhausgelände in eine Straßenbahn, die mich langsam ratternd in Richtung Hauptbahnhof trägt.

2

Es gibt Städte, in denen alles genau einmal existiert. Eine Kneipe, ein Fluss, ein Tante-Emma-Laden, eine Tante Emma, ein Club, vor dem an einem Abend pro Woche ein Schwall Jugendlicher einen Schwall Erbrochenes zurücklässt, eine Kirche, die zufällig die höchst- oder tiefstgelegene, schönste, hässlichste oder einfach gotischste des Landes ist, weshalb täglich eine Busladung Touristen davor ausgeschüttet wird, eine Schlagzeile pro Monat, ein Mord pro Jahrhundert und eine Straße, die sich ein paarmal biegt und windet, damit ein paar Häuser Platz an ihr finden, und die von den Anwohnern »Stadtautobahn« genannt wird, obwohl sie offiziell »Dorfstraße« heißt. Überhaupt werden solche Städte gerne als Dörfer abgetan, obwohl es in ihnen alles gibt, was auch Großstädte ihr Eigen nennen. Sie verzichten nur auf die überflüssige Masse.

In einer solchen Stadt bin ich aufgewachsen. Mitten in ihrem belebten Zentrum, in dem man Zeuge dramatischer Wettrennen zwischen alten Mütterchen und Ochsenkarren werden kann, wenn man genügend Zeit mitbringt, liegt die Bäckerei meines Bruders.

»Guten Tag, was kann ich für Sie tun?«
»Ein Brot, bitte.«
»Wie, ein Brot, bitte?«
»Na, ein Brot, bitte.«
»Sie können doch nicht einfach hier reinkommen und ein Brot verlangen!«
»Aber wieso denn nicht?«
»Machen Sie das immer so? Wenn Sie nach Hause kommen und Ihre Frau sich halbnackt auf dem Sofa räkelt, oder beim Schuster, oder auf der Beerdigung Ihres besten Freundes: Asche zu Asche, Staub zu Staub, und zu mir ein Brot, bitte?«
»Nein, aber das ist hier doch eine Bäckerei!«
»Na und?«
»Hier gibt es doch Brot, oder nicht?«
»Na und?«
»Na ja, ich dachte bloß ... Was haben Sie denn überhaupt für Brot?«
»Bauernbrot, Weltmeisterbrot, Kaiserbrot und Kartoffelbrot.«
»Das ist alles?«
»Ja, das ist alles. Und? Sind Sie ein Bauer, ein Weltmeister oder ein Kaiser? Nein. Höchstens eine Kartoffel sind Sie, so wie Sie aussehen.«
»Machen Sie den Witz öfter?«
»Ja. Lustig, nicht wahr?«
»Geht so. Sagen Sie mal, gehen Sie immer so mit Ihren Kunden um?«
»Sie sind erst mein Kunde, wenn Sie ein Brot gekauft haben.«
»Und dann sind Sie freundlich zu mir?«
»Vielleicht.«
»Dann nehme ich ein Kartoffelbrot, bitte.«
»Wusste ich's doch. Das passt zu Ihnen.«
»Na hören Sie mal! Wollten Sie nicht freundlich sein?«
»Ich habe ›vielleicht‹ gesagt. Aber kommen Sie doch morgen wieder.«

»Und dann?«

»Dann kommen Sie rein und sagen etwas Vernünftiges.«

»Ein Brot, bitte?«

»Nein, das sagen Sie nicht.«

»Nicht?«

»Nein.«

»Sondern?«

»Guten Tag.«

»Wie, guten Tag?«

»Na, guten Tag. Sie sagen erst mal ›guten Tag‹.«

»Ach, deshalb sind Sie so unfreundlich? Weil ich nicht ›guten Tag‹ gesagt habe?«

»Genau. Das wäre nämlich auch freundlich gewesen.«

»Nein, das wäre höflich gewesen.«

»Klugscheißer.«

»Wissen Sie was? Nach diesem Gespräch wünsche ich Ihnen erst recht keinen guten Tag mehr.«

»Doch, das tun Sie.«

»Wieso sollte ich?«

»Wenn ich heute einen schlechten Tag habe, dann habe ich morgen schlechte Laune.«

»Im Gegensatz zu Ihrer jetzigen Laune, die blendend ist, nicht wahr?«

»Genau. Blendend wie weißer Marmor im gleißenden Sonnenlicht eines strahlenden Wintermorgens.«

»Huch, woher kam das denn plötzlich?«

»Tief in mir schlummert ein verkannter Dichter. Aber der geht Sie nichts an.«

»Wer?«

»Na, mein Dichter. Und, wollen Sie mich nun mit schlechter Laune erleben?«

»Nein.«

»Also?«

»Also, äh, wünsche ich Ihnen noch einen wunderschönen Tag.«
»Geht doch. Und meinem Dichter?«
»Dem wünsche ich natürlich auch einen wunderschönen Tag.«
»Nein, das tun Sie nicht.«
»Nicht?«
»Nein.«
»Sondern?«
»Dem wünschen Sie einen Tag voll Wehmut und Trübsal. Sonst kann er nicht schreiben.«
»Ach so, na dann eben so.«
»Gut. Und jetzt raus hier, Kartoffelkopf.«
»Na gut, bis morgen.«
»Bis morgen.«

Der Kunde verlässt den Laden. Ich sitze in einer Ecke der Bäckerei und lausche dem Verkaufsgespräch meines Bruders.
»Meinst du, der kommt morgen wirklich wieder?«, frage ich. Mein Bruder zählt das Geld in seiner Kasse.
»Natürlich. Und er wird wieder ein Kartoffelbrot kaufen, weil er seinen neuen Spitznamen so mag.«
»Ich würde nicht wiederkommen.«
»Was machst du dann hier?«
»Ach, keine Ahnung«, sage ich. »Ich bin eben deine Schwester. Ein Teil deines Wahnsinns lebt auch in mir.«
Das Geschäft meines Bruders brummt wie ein gewaltiger Schwarm hungriger Hornissen. Vielleicht liegt es an seiner liebenswerten Art. Wahrscheinlicher ist aber, dass die Kundschaft so treu bleibt, weil es in unserem Ort eben alles nur einmal gibt, also auch nur eine Bäckerei. Es soll sogar einige kühne Geister gegeben haben, die sich morgens ins Auto gesetzt und ihre Frühstücksbrötchen im zwanzig Kilometer entfernten Nachbarort besorgt haben, um der scharfen Zunge meines Bruders zu entgehen. Doch als dieser davon erfuhr, bedachte er die betreffenden Fremdgänger bei

jeder Begegnung mit so finsteren Blicken, dass sie ihr Ausweichmanöver aufgaben.

Mit einem Grunzen dreht sich mein Bruder zu mir um.

»Nein, im Ernst, was hast du hier zu suchen? Müsstest du nicht alten Berlinern ihre Toupets vom Kopf reißen?«

»Woher weißt du das denn schon wieder?«, frage ich und werde rot. Mein Bruder wendet sich lachend wieder seinem Geld zu. Unser Dorf ist keine Stadt. Unser Dorf ist auch kein Dorf. Unser Dorf ist eine riesige Tratschknetmaschine. Gebacken wird alles in dieser Bäckerei, gekaut und wieder ausgespien wird es auf der Straße, bei Tante Emma und sogar in der Kirche, die zwar die hässlichste des Landes, aber auch eine der bestbesuchten ist. Das hat weniger mit der Gläubigkeit der Einwohner zu tun als mit dem festen Ritual, dass nach der Messe alle Kirchgänger in die benachbarte Kneipe »Zum Stall« umziehen, um ordentlich einen zu picheln. An jedem Sonntag um elf Uhr sitzt das ganze Dorf in der Kirche und betet zu Gott. Eine Stunde später sitzen alle im »Stall« und beten zu Gerste und Grog.

Nur mein Vater sparte sich in der Regel den ersten Teil. Er setzte sich schon während des Gottesdienstes in die Kneipe und brachte sich auf den Pegel, der ihn gesellschaftsfähig machte. Ab und zu versuchte meine Mutter, ihn mit in die Kirche zu zerren, aber ohne Erfolg. Dabei war es nicht so, dass er absolut nicht in die Kirche wollte. Er bestand nur darauf, seinen Wodka mitzunehmen.

»Ich hab das mit deinem Vater gehört«, sagt mein Bruder, der mich stirnrunzelnd beobachtet und offensichtlich neuerdings Gedanken lesen kann. Ich schaue zu Boden.

»Ja, ich auch«, sage ich. Wenn meine Augen nicht mit dem Rumgeheule aufhören, werde ich sie mir ausstechen müssen. Mein Bruder kommt zu mir und tätschelt mir unbeholfen und mit ziemlich kräftigen Schlägen den Rücken.

»Bist du nicht auch ein bisschen traurig?«, frage ich.

Er zuckt mit den Schultern und hämmert weiter auf meinem Rücken herum.

»Doch, schon«, sagt er. »Aber es hält sich in Grenzen. Ich hab ihn ja kaum kennengelernt.«

Ein bisschen frage ich mich, was man als Stiefvater so alles falsch machen muss, damit der Stiefsohn, mit dem man vier Jahre unter einem Dach gelebt hat, findet, man habe sich kaum kennengelernt. Andererseits könnte ich dasselbe auch sagen, und er ist sogar mein richtiger Vater. Er trank viel und ist jetzt tot. Das ist keine sehr tiefgründige Charakteranalyse, aber viel mehr weiß ich nicht. Ich weiß nicht, ob er Marmelade mochte. Ich weiß noch nicht mal, wie seine Ohren aussahen. Zu was für einer Tochter macht es mich, wenn ich nicht weiß, wie die Ohren meines Vaters aussahen?

Mein Bruder hört auf, meinen Rücken zu verprügeln, worüber ich sehr froh bin. Ich kann schon den blauen Fleck spüren. Stattdessen stellt er sich vor mich und schaut mir so tief in die tränenverschmierten Augen, dass ich das Gefühl nicht loswerde, er wolle sie mit seinem Blick tatsächlich ausstechen.

»Ist schon okay«, sage ich, um sein Gestarre zu durchbrechen. »Ich musste bloß mal raus.«

Mein Bruder starrt immer noch.

»Nur du allein, ohne Ulf?«

»Nur ich allein, ohne Ulf.«

Er grinst. »Welche der großen Fragen hat er dir denn gestellt?«

Ich schweige, denn ich weiß, dass mein Bruder den Grund vor allem wissen will, um aus der recht lahmen Geschichte »meine Schwester ist für ein paar Tage zu Besuch« eine Geschichte mit gehöriger Portion Dramatik zu machen, die ihr das Potential zum Dorftratsch gibt. Es ist nicht so, dass ich ihm die Geschichte nicht gönnen würde. Doch wenn ich die Tage in meiner Heimat ungestört überstehen will, dann bestimmt nicht als neues Gesprächsthema des Ortes.

Kurz darauf laufe ich in der Abenddämmerung durch die Straßen meiner Kindheit. Es gibt Städte, in denen existiert alles genau einmal. Ein Haus, ein Leben, eine Liebe. Was fehlt, ist die Masse, aus der man sich seine Einmaligkeit aussieben kann, denke ich. Auch ich habe einen inneren Dichter, bin aber meist klug genug, dessen pathetische Ausbrüche nicht laut auszusprechen.

Ich überlege, mit welchem Punkt auf meiner Liste ich anfangen soll. Mit der Rache an Ernesto wahrscheinlich. Das klingt nach einem guten Einstieg. Sogar nach ein bisschen Spaß klingt es. Alles, was ich brauche, ist ein Plan. Ich habe noch nie Rache geübt. Und ich frage mich, wieso es »Rache üben« heißt. Wenn es nur eine Übung ist, wann kommt dann das eigentliche Rachemanöver? Ist es das, was am Himmelstor von uns gefordert wird? Dass wir geübte Rächer geworden sind? Wahrscheinlich. Ein Grund mehr, einen guten Plan zu ersinnen. Mir wird peinlich bewusst, dass Ernesto zweimal auf meiner To-do-Liste steht und dass ich mir, wenn ich den ersten Punkt nicht erledigt hätte, auch den zweiten Punkt sparen könnte.

Wie übt man denn für gewöhnlich Rache? Mord? Auto in die Luft jagen? Kinder entführen? Nähnadel in den Schritt rammen? Das erscheint mir alles ein wenig zu drastisch. Die Rache muss schließlich seiner Tat angemessen sein. Ernesto hat ja nicht viel mehr gemacht als langweilig, schlecht im Bett und trotzdem nicht unfruchtbar zu sein. Das ist zwar eine unglückliche Kombination, aber auch nicht direkt seine Schuld. Dafür muss ich nicht gleich seinem Auto wehtun.

Grundsätzlich ist Rache natürlich schlecht. Wer geschlagen wird, sollte nicht zurückschlagen, sonst wird er am Ende mit Bomben beworfen. Kennt man ja. Trotzdem ist das Schönste am täglichen Spaziergang mit meinem Hund nicht etwa, wie er auf grünen Wiesen herumtollt, Hundehintern beschnüffelt oder gegen mindestens einen Kinderwagen pinkelt. Das Schönste am Spaziergang mit meinem Hund ist das Gefühl unermesslicher Macht, wenn ich seinen Hundehaufen aufgesammelt habe und damit zum nächsten Mülleimer spaziere. Keine Strecke genieße ich so sehr wie die vom Haufen bis zum Eimer, weil ich während dieser halben Minute die perfekte Antwort für jeden bei mir trage, der mir blöd kommt. Lass mich einen Nazi treffen, denke ich auf dieser Strecke immer. Oder wenigstens unseren Nachbarn von unten. Unser Nachbar ist meines Wissens kein Nazi, aber er hört jeden Morgen um acht ungefähr dreiundzwanzigmal *Atemlos durch die Nacht* von Helene Fischer in voller Lautstärke. Da muss jeder selbst wissen, was er schlimmer findet. Neben ihm ist mir sogar Pallasch ein angenehmerer Nachbar. Der ist zwar auch scheiße, aber er hört wenigstens keine Musik dabei.

Natürlich treffe ich unseren Nachbarn von unten aber nie zum richtigen Zeitpunkt, deshalb werfe ich den Hundehaufen manchmal statt in den Mülleimer einfach in seinen Briefkasten. Das mag manch einer geschmacklos finden, aber es gibt Menschen, die daraus ein Geschäft machen. Nicht jeder ist ja mit einem Hund und dadurch mit einem geradezu unermesslichen Vorrat an frischem Fremdkot gesegnet. Und nicht jeder wohnt in Berlin, wo die Straßen damit gepflastert sind. Für diese Menschen gibt es die Internetseite *biorache.com*. Da kann man für nur 27,94 Euro ein ganzes Kilo frischer Pferdeäpfel bestellen. Und ja, vielleicht sind das Leute, die aus Scheiße Geld machen. Aber ich habe ehrlichen Respekt vor dummen Geschäftsideen. Vor allem, wenn sie funktionieren. Ich finde, die Pferdeäpfel machen sogar fast unseren Gebrauchttoupets Konkurrenz.

Um mir die 27,94 Euro zu sparen, habe ich aus der Bäckerei meines Bruders eine große Brötchentüte mitgenommen und sammele am Wegesrand liegenden Kuhfladen auf. Als ich bei Ernestos Haus ankomme, ist die Tüte voll. Die Hecke um den Vorgarten sieht aus, als habe man sie in ein Korsett gezwängt. Auf dem Rasen steht eine Skulptur, die den Bewohnern wohl Kunstverständnis unterstellen soll. Ich finde aber eher, dass sie an einen Pinguin und ein Lama erinnert, die sich im Kamasutra üben. Lamasutra, denke ich und schüttele gleich darauf beschämt den Kopf. Der Humor meines inneren Dichters ist mir sogar vor mir selbst peinlich.

Einen richtigen Racheplan habe ich immer noch nicht. Dafür habe ich aber neben meinem Biorache-Paket noch drei Mozzarella dabei. Ulf hat mal in einer Laune kindischer Albernheit jede Seife in unserer Wohnung heimlich durch Mozzarella ersetzt. Das machte vor allem das Duschen zu einem Erlebnis. Und wenn ich schon nicht Ernestos Auto in die Luft jage, kann ich ja wenigstens ein bisschen Chaos in seinem Leben stiften. Wenn ich mir sein Heim so ansehe, ist Chaos das Schlimmste, was ihm widerfahren könnte.

Plötzlich geht die Haustür auf, und es kommen zwei lila-gelb karierte Regenjacken heraus. Erst nach einer Weile erkenne ich, dass in den Jacken tatsächlich Menschen stecken, noch dazu verschiedenen Geschlechts. Es sind Ernesto und eine goldgelockte Frau, von der ich ziemlich sicher bin, dass sie Julia heißt. Ernesto sieht aus wie jemand, der zum Erwachsenwerden gezwungen wurde. Ein Boygroup-Boy im Körper eines Mannes. Seine blonden Strähnen wiegen sich im Wind, und auf dem Arm trägt er etwas, wovon ich kurz glaube, es sei ein Kind, weil es eine Weste und ein Sonnenhütchen trägt. Aber das Kind hat Fell. Und es kläfft.

Ich verstecke mich hinter einem Mauervorsprung auf der anderen Straßenseite und warte, bis alle drei ins Auto gestiegen sind. Allmählich beschleichen mich erste Zweifel an meiner Racheaktion. Ernesto scheint schon gestraft genug zu sein. Außerdem, wen soll ich denn da entführen? Wohl kaum das hässliche Fellknäuel mit Hut.

Als das Auto losgefahren und um die nächste Ecke gebogen ist, komme ich aus meinem Versteck und gehe auf das Haus zu. Es sieht aus, wie dörfliche Mittelstandshäuser auszusehen haben: Nicht prunkvoll, aber mit einer Steifheit, die Haltung heuchelt, und mit einigen modischen Accessoires, die als Individualität durchgehen könnten. Ich öffne die Brötchentüte und entleere den gesamten Inhalt auf den Fußabtreter vor der Haustür. Das ergibt ein sehr schönes Bild. Und es stinkt vorbildlich.

Als ich um das Haus herumlaufe, kommt mir ein dummer Gedanke: Es könnte mein Haus sein. Wenn ich Ernestos Ork geboren hätte und mit ihm zusammengekommen wäre, könnte ich jetzt mit ihm in diesem Tempel gesellschaftsfähiger Langeweile hausen. Vielleicht würde mein Hund dann auch einen Sonnenhut tragen. Ich schüttele den Gedanken ab und ziehe vorsichtig am Knauf der Verandatür. Sie ist offen.

Langsam schleiche ich durch das stille Haus, das mein stilles Haus sein könnte. Es ist so penibel aufgeräumt, dass ich Angst habe zu atmen, weil der dadurch entstehende Luftzug die heilige Ordnung stören könnte. Im Wohnzimmer stehen zwei Sofas. Ein großes, lachsfarbenes Ungetüm für die Menschen und daneben das gleiche Modell noch mal im Miniaturformat, auf dem offensichtlich der Hund zu thronen pflegt.

Ich gehe in die Küche und versuche mir vorzustellen, wie ich jeden Morgen mit Ernesto und unserem kleinen Ork an dem großen Eichentisch frühstücke. In dieser Vorstellung binde ich Ernesto seine Krawatte, trage eine geblümte Schürze und sage Dinge wie: »Wir sind bei Bekannten zum Essen eingeladen.«

Das ist der traurigste Satz, den ich mir vorstellen kann. Dabei gibt es sehr viele traurige Sätze. »Der Hamster ist tot«, zum Beispiel. Oder: »Deine Mutter kommt morgen zum Frühstück vorbei.« Beides furchtbar traurige Sätze. Doch sind die meisten traurigen Sätze durch einfaches Durchmischen der Schlüsselwörter zu lustigen Sätzen zu machen. »Der Hamster kommt morgen zum Frühstück vorbei«, oder: »Deine Mutter ist tot.« Da kommt gleich viel mehr Stimmung auf.

Doch »Wir sind bei Bekannten zum Essen eingeladen« ist nicht zu retten. Vom ersten bis zum letzten Wort spricht dieser Satz von der Hoffnungslosigkeit würdelosen Erwachsenwerdens.

Erstens: das Wir. Ich bin nicht mehr ich, und Ernesto ist nicht mehr Ernesto. Wir sind ein Zweiheitsbrei, das Tandem der Individualitätslosigkeit, der Partnerlook der Geschmacklosen. Wir sind das Wir des Todes, wir schlendern Arm in Arm über schmale Bürgersteige, knutschen im Kino und an Supermarktkassen, wir ketten unsere Liebe an Brücken fest und kommunizieren nur noch über Tiernamen. Wir sagen: »Komm, Bärchen, Mausi will jetzt bubu machen«, obwohl kein Kind in der Nähe ist. Wir sagen: »Komm, Tiger, lass uns deine Schnecke verstecken«, obwohl ein Kind in der Nähe ist. Wir haben keine Einzelgefühle mehr, marschieren nur noch im Gleichschritt und verabreden uns ausschließlich miteinander oder beide zusammen mit anderen Pärchen, die auch längst ihre Seelen ausgekotzt und miteinander verknotet haben, um sie dann wieder herunterzuschlucken, weshalb sie ständig mit ihren Mündern aneinanderkleben.

Zweitens: bei Bekannten. Wir haben Bekannte. Wir kennen Menschen. Wir verbringen Zeit mit ihnen, obwohl wir sie nicht mögen. Deshalb nennen wir sie Bekannte. Sonst wären es ja Freunde. Wir könnten sie auch »zufällig im Weg Stehende« nennen. Sie sind wie Tanten. Man gibt sich nicht mit ihnen ab, weil man das will, sondern weil sie halt da sind. Aber Tanten stecken einem wenigstens ab und zu zwanzig Euro zu und sagen: »Kauf dir mal was Schönes!« Bekannte sind einfach nur vorhanden, zu nichts zu gebrauchen außer als Sozialleben-Alibi, weil sich all unsere echten Freunde längst von uns abgewandt haben.

Drittens: zum Essen eingeladen. Wer zum Essen lädt, der hat gekocht. Meist irgendwas mit Koriander, weil das so schön exotisch klingt. Und wer mit Koriander kocht, der sagt auch Dinge wie: »Heute Abend machen wir's uns mal so richtig nett.« Und wer es sich nett macht, der stellt auch Duftkerzen auf. Und wer Duftkerzen aufstellt, der redet auch über Duftkerzen. Darüber, wo er sie gekauft hat und wie das da war: »Weißt du noch, Schatz, dieses eine Mal in diesem einen fernen Land in diesem netten Hotel mit dem netten Restaurant, in dem man so nette Gerichte mit Koriander essen konnte?«

Ich frage mich, warum Menschen sich nicht häufiger zum Tiefkühlpizzaessen einladen. Und danach Chips und Bier. Das ist nicht nett, aber lecker. Dann kann man darüber reden, wo man die Tiefkühlpizza gekauft hat, dieses eine Mal in diesem einen fernen Land, das man Kaufland nennt. »Weißt du noch, Schatz?«, kann man dann fragen, und Schatz kann sagen: »Halt die Fresse, ich will jetzt Fußball gucken!« So stelle ich mir einen netten Abend vor. Oder wenigstens einen unterhaltsamen.

Ich kriege wieder Gänsehaut. Immer wenn ich an ein Leben mit Ernesto denke, legt sich die Kälte gutbürgerlicher Schwermut über mich.

Gerade will ich den ersten Mozzarella auspacken, um die Seife in der Küche auszutauschen, da höre ich plötzlich einen Schlüssel im Schloss der Haustür. Panisch laufe ich ins Wohnzimmer, zurück in die Küche und wieder ins Wohnzimmer. Ich gucke zur Haustür, zur Verandatür und wieder zur Haustür.

Ich könnte jetzt einiges tun. Ich könnte zur Verandatür rennen und hoffen, dass ich es rechtzeitig in den Garten und um die Ecke schaffe. Ich könnte mich in der Küche hinter der Tür verstecken und beten, dass Ernesto einfach nur etwas vergessen hat und wieder verschwindet, ohne die Küche zu betreten. Ich könnte mir einen Lampenschirm über den Kopf stülpen und mich unauffällig in eine Ecke stellen. Oder ich könnte mir einen schweren, stumpfen Gegenstand suchen und den nächsten Menschen k.o. schlagen, der dieses Haus betritt. Schließlich entscheide ich mich für die zugleich schönste und dümmste aller Möglichkeiten. Ich mache einen Hechtsprung auf das hässliche Lachssofa, lege mich hin und stelle mich schlafend.

Mein Gehirn beschließt beizeiten merkwürdige Dinge. Und nicht immer verrät es mir, wieso es das tut. Ich weiß nicht, in welcher Welt meine Idee eine gute wäre. Vielleicht dachte mein Gehirn, sich schlafend zu stellen sei, wie sich tot zu stellen: Man kann nicht mehr zur Rechenschaft gezogen werden. Zumindest schlafende Kinder strahlen ja eine Unschuld aus, die sich kaum ertragen lässt. Ich versuche also, im Rahmen meiner Möglichkeiten, einer schlummernden und sehr süßen Dreijährigen zu gleichen. Als ich mit geschlossenen Augen und überzeugend halb offenem Mund auf dem Sofa liege, höre ich, wie die Haustür sich öffnet und dann wieder ins Schloss fällt. Klackernde Schritte nähern sich. Sie klingen nach Frauenschuhabsätzen. Ich halte die Luft an und warte auf den Schrei, der Julia entfahren wird, wenn sie mich uneingeladen und scheinbar schlafend in ihrem Wohnzimmer entdeckt. Aber es kommt kein Schrei. Und es kommt keine Julia ins Wohnzimmer. Stundenlang scheint sie im Flur herumzufuhrwerken. Vielleicht habe ich ja Glück und bleibe unentdeckt. Wenn sie ins Wohnzimmer hätte kommen wollen, hätte sie das bestimmt längst getan.

Ich entspanne mich ein wenig. Eigentlich ist das blöde Sofa sogar ziemlich gemütlich. Obwohl ich mir einbilde, dass es nicht nur lachsfarben ist, sondern auch nach Lachs riecht. Wahrscheinlich essen Julia und Ernesto Tag und Nacht nur Lachsfilet und pupsen den Geruch dann in die Polster. Gemütlich ist es trotzdem. Wenn es nicht Ernestos Sofa wäre, könnte ich bestimmt darauf schlafen. Vor allem heute, schließlich habe ich die ganze Nacht kein Auge zugetan. Nur ein bisschen kalt ist mir.

Eine Decke wäre gut.

Wie die, unter der ich plötzlich liege.

Jetzt friere ich nicht mehr. Ich frage mich, wie das so abrupt passieren kann. Vorsichtig öffne ich die Augen. Julia und Ernesto stehen vor mir und rufen im Chor: »Das ist unser Lachs, auf dem du da liegst!« Dann lachen sie gackernd, und ihre Gesichter verwandeln sich in Fischköpfe. Es ist also nur ein Traum. Ich bin beruhigt und stimme mit in das Gelächter ein. Doch dann erschrecke ich wieder: Wenn ich träume, bedeutet das, dass ich schlafe. Ich sage zu den Fischköpfen, dass ich nun wirklich aufwachen muss. Sie nicken wissend, dann schmieren sie mir Mozzarella ins Gesicht. Ich wehre sie mit den Händen ab und bekomme ein Fellknäuel zu fassen, das sich, als ich die Augen diesmal wirklich aufschlage, als Julias und Ernestos Hund herausstellt, der mit aller Kraft versucht, mir weiter das Gesicht abzulecken.

Der Raum liegt im Halbdunkel. Draußen ist es Nacht geworden, und im Kamin prasselt ein Feuer. Aus der Küche dringen gedämpfte Stimmen zu mir. Hastig setze ich mich auf und schüttele die Decke ab. Ich will mich in Richtung Verandatür schleichen, doch kaum habe ich mich gerührt, ertönt aus dem westentragenden Minihund ein ohrenbetäubendes Kläffen. Es dauert keine drei Sekunden, und die Küchentür geht auf. Ernesto und Julia kommen rein. Sofort hört das Fellknäuel auf zu bellen.

»Ah, du bist wach!«, ruft Ernesto und umarmt mich so fest, dass ich mir mal wieder Sorgen um meine Rippen mache.

»Gutes Timing«, sagt Julia und nimmt mich ebenfalls in den Arm, wenngleich etwas sanfter. »Das Essen ist gleich fertig.«

Ich lasse die unerwarteten Umarmungen über mich ergehen, dann stammele ich etwas von einer offenen Verandatür und davon, dass ich nur mal kurz nachsehen wollte, ob sie nicht doch zuhause seien.

»Und dann bist du auf unserem Sofa eingeschlafen«, sagt Ernesto und grinst. »Kein Wunder. Das Ding ist zwar potthässlich, aber dafür bequem.«

Ich starre die beiden an. Meinen sie das ernst? Finden sie wirklich nichts dabei, abends alte Schulfreunde schlafend auf ihrem Sofa vorzufinden? Vor allem, wenn die Schulfreunde gar keine Schulfreunde sind, sondern Mobbingopfer und Entjungferungsbeiwerk aus vergangenen Tagen?

Sie tragen noch immer ihre lila-gelb karierten Regenjacken. Darunter lugen zwei grün-rot gepunktete Pullover hervor. Ich beschließe, farbenblind zu werden. Klappt aber nicht. Stattdessen falle ich vom Sofa, weil mein Gehirn diese Überflut an farblichen

Reizen nicht verarbeiten kann. Mühsam richte ich mich auf und blinzle, damit sich meine Augen wieder scharf stellen.

Ich verstehe ja, wieso Leute sich im Partnerlook kleiden. Menschen mögen eben Uniformen, auch wenn das heute kaum noch jemand zugibt. Sie symbolisieren Zugehörigkeit, und zu irgendwas oder irgendwem muss der Mensch nun mal gehören. Natürlich rede auch ich mir ein, Uniformen zu hassen. Wie alle Hippies dieser Welt. Aber eigentlich sehen Hippies ja auch alle gleich aus.

Was ich nicht verstehe, ist, wieso Menschen im Partnerlook so bescheuert aussehen. Es kann doch nicht die reine Dopplung an sich sein. Wenn zwei Dalmatiner nebeneinanderherlaufen, sehen sie ja auch nicht albern aus. Vielleicht ist es die treffsichere Kombination mit abgrundtiefer Geschmacklosigkeit. Wer alleine scheiße aussieht, sieht zu zweit doppelt scheiße aus. Außerdem ist eine Partnerlook-Hälfte jeglicher Entschuldigung beraubt, die man sonst für sie erfinden könnte. »Na ja, der arme Kerl sieht sich ja nicht selbst« gilt irgendwie nicht mehr, wenn neben dem armen Kerl eine arme Kerlin steht, die bis auf etwas weniger buschige Augenbrauen genauso aussieht wie er. Aber vielleicht liegt genau darin die Antwort. Im unbedingten und verkrampften Gemeinsamkeit-zeigen-Wollen. Dalmatiner können nichts dafür, dass sie sich ähnlich sehen. Sie malen sich ihre Punkte schließlich nicht selbst. Menschen, die sich morgens zu zweit vor den Spiegel stellen, können sehr wohl etwas dafür, denn sie wollen es ja so. Sie laufen in lila-gelb karierten Regenjacken durch die Welt, weil sie es so wollen.

»Was treibt dich in die alte Heimat?«, fragt Ernesto, als wolle er meinen bitteren Gedankengang unterbrechen. Julia entkorkt eine Flasche Rotwein und füllt drei Gläser. Wenn die beiden nicht aufhören, so nett zu sein, muss ich mein Weltbild in Stücke hacken. Ich nuschele irgendwas von meinem Vater.

»Ja, das haben wir gehört«, sagen beide im Chor und setzen mitfühlende Mienen auf.

»Ich wollte euch wirklich nicht stören«, sage ich.

»Ach Quatsch«, antwortet Julia und reicht mir ein Glas Wein. »Es ist schön, dich mal wiederzusehen. Du hattest Mozzarella dabei, deshalb dachten wir, du bist bestimmt zum Kochen vorbeigekommen.«

Ich nicke. Weshalb sollte ich auch sonst Mozzarella mit mir herumtragen?

Es folgt eine peinliche Pause, die jedoch nur mir peinlich zu sein scheint. Julia und Ernesto sitzen vor mir und strahlen mich an. Vielleicht bekommen sie nicht allzu oft Besuch. Verlegen nippe ich an meinem Rotwein.

»Du siehst wirklich erschöpft aus«, sagt Ernesto schließlich, streckt eine Hand aus und tätschelt mein Knie. Ich gucke Julia an, doch sie scheint sich nicht über das Gebaren ihres Mannes zu wundern.

»Ja, wirklich sehr erschöpft«, sagt sie und tätschelt mein anderes Knie.

»Nach dem Essen legst du dich noch mal hin«, sagen beide zusammen. Sie scheinen gerne im Chor zu sprechen. Und sie machen ihre Sache sehr gut. Dann hieven sie mich auf die Beine und bugsieren mich in die Küche, wo der große Eichentisch bereits gedeckt ist. Julia tut mir eine riesige Portion Kokos-Karotten-Koriander-Pasta auf und befiehlt mir zu essen. Ich frage mich, ob ich lachen oder so schnell wie möglich die Flucht ergreifen soll. Ich entscheide mich fürs Lachen, denn erstens hat Ernesto gerade etwas von sich gegeben, das wohl ein Witz sein sollte, und zweitens ist das Essen unverschämt lecker. Nur der Mozzarella schmeckt nach Seife.

Still kauend beobachte ich die beiden, wie sie einander die goldenen Locken aus den sonnengebräunten Stirnen streichen und ihre Stupsnäschen verliebt gegeneinanderstupsen. Sie sind in jeder mir bekannten Hinsicht furchtbar. Und trotzdem sind sie irgendwie nett. Und offenbar glücklich. Doch ich muss mich zusammenreißen. Ich darf nicht vergessen, weshalb ich hier bin. Rache. Wofür noch gleich? Für den Ork. Da kann Ernesto furchtbar und nett und furchtbar nett geworden sein, wie er will. Dafür hat er ein bisschen Stress verdient. Also stelle ich die eine Frage, die jedes dreißigjährige Pärchen in Verlegenheit stürzt:

»Wieso habt ihr eigentlich keine Kinder?«

Sofort merke ich, dass ich einen Nerv getroffen habe. Und eine Sekunde später bereue ich, die Frage gestellt zu haben. Julias Hände zittern kurz, dann legt sie ihr Besteck etwas zu heftig auf dem Tisch ab und sagt, sie müsse mal aufs Klo. Als Ernesto und ich allein in der Küche sind, breitet sich wieder die peinliche Stille zwischen uns aus. Diesmal bin ich mir jedoch sicher, dass Ernesto sie auch wahrnimmt.

»Tut mir leid«, sage ich und meine es auch so.

Er schüttelt den Kopf.

»Das konntest du ja nicht wissen«, sagt er. »Aber ich kann keine … du weißt schon.«

»Kinder zeugen?«

Ernesto nickt.

»Doch, kannst du«, entfährt es mir. »Leider.«

Er sieht mich skeptisch an.

»Woher willst du das denn …?« Er stockt. »Oh.«

Dann sieht er mich mit großen Augen an.

»Du hast aber kein – ich meine, wir haben kein …«

»Nein, nein, keine Sorge.«

Wir kratzen uns beide ratlos am Kopf. Ernesto fragt sich wahrscheinlich, ob er nun irgendwas Bestimmtes sagen muss. Ich frage mich, wieso Ernesto glaubt, er könne nicht, was er doch vor zehn Jahren schon beim ersten Versuch geschafft hat. Vielleicht hat er es verlernt. Möglicherweise hatte er nur das Zeug zu einem einzigen Kind, und ich habe es ihm gestohlen. Er jedenfalls scheint es so zu sehen, denn plötzlich schlägt er mir mit voller Wucht auf den Rücken. Erst beim dritten Schlag verstehe ich, dass das Ganze ein

Tätscheln sein soll. Er könnte sich mit meinem Bruder zusammentun. Die beiden wären die Frauenverprügler mit den weltbesten Absichten.

Glücklicherweise stellt Ernesto sein schmerzhaftes Trostgebaren recht schnell wieder ein, weil Julia zurück in die Küche kommt. Offensichtlich hat sie sich gefangen. Sie setzt sich an den Tisch und fängt wieder an zu essen. Plötzlich grinst sie.

»Weißt du, was lustig ist?«, fragt sie.

»Nicht wirklich«, sage ich und strecke meinen schmerzenden Rücken.

»Uns hat eine Kuh vor die Tür gekackt.«

Ich verschlucke mich an einer Nudel. Sofort fängt Ernesto wieder an, meinen Rücken zu verprügeln.

»Passiert das öfter?«, frage ich zwischen zwei Schlägen. Julia zuckt mit den Schultern.

»Ab und zu. Hier gibt es halt viele Kühe und nicht so viele Haustüren.«

»Ja, die Kuh-Haustür-Quote ist sehr hoch«, sagt Ernesto und kichert über seinen gelungenen Scherz. Ich frage mich, ob ich immer noch träume. Allmählich erscheinen mir die Fischkopfversionen von Ernesto und Julia um einiges plausibler als die echten.

»Eigentlich wollten wir ja zu einem Konzert«, sagt Ernesto und gießt uns allen Wein nach. »Aber dann hat Julia ihr Fan-T-Shirt vergessen.«

Julia hat also ein Fan-T-Shirt. Ich kann mich nicht entscheiden, ob ich das lustig oder sehr, sehr traurig finden soll. Julia scheint sich jedenfalls nicht dafür zu schämen.

»Und als wir zurückgekommen sind, um es zu holen, lagst du auf dem Sofa«, ergänzt sie. »Also haben wir erst mal gekocht. Wir wären ohnehin viel zu früh dran gewesen. Und du sahst wirklich erschöpft aus.«

»Ja«, sagt Ernesto. »Wirklich sehr erschöpft.«

Plötzlich leuchten Julias Augen auf.

»Du könntest mitkommen!«, ruft sie. »Zu dem Konzert! Wir laden dich ein!«

Sie schnappt mir den Teller und das noch halb volle Weinglas unter der Nase weg und wirft beides klirrend in die Spüle. Dann kippt sie mich von meinem Stuhl und schiebt mich durch die Haustür, hebt mich über den Kuhfladen und trägt mich bis zur Einfahrt. Ernesto folgt uns und wirkt völlig unbeeindruckt von Julias plötzlichem Aufbruch. Ein paar Minuten später sitze ich, ein wenig bedröppelt und sehr erschöpft, auf der Rückbank ihres Autos. Auf dem Sitz neben mir liefert sich das Fellknäuel einen erbitterten Kampf mit meiner rechten Hand. Wenn ich es richtig verstanden habe, geht es in diesem Streit zwischen Hand und Hund darum, ob das Tier wieder nah genug an mein Gesicht kommen darf, um es abzulecken. Schicksalergeben lasse ich mich zum Einkaufszentrum im Nachbarort kutschieren, in dem ich einst einen Schwangerschaftstest gekauft habe. Und das nur, weil die Backstreet Boys da heute Abend angeblich spielen. Behaupten Ernesto und Julia. Ich glaube ihnen kein Wort.

»Das ist so ein Benefizding«, sagt Ernesto mit strahlendem Blick und streicht sich seine Nick-Carter-Strähne aus dem Gesicht. »Die machen das nur für den guten Zweck.«

»Ja, und weil sie kein Arsch mehr kennt«, murmele ich, was aber zum Glück niemand außer dem Fellknäuel neben mir hört, das inzwischen gedankenverloren auf meinen Fingern herumkaut.

Als wir am Einkaufszentrum ankommen, bietet sich uns ein trister Anblick: Vor der Bühne steht eine gefährlich aussehende Riege an Security-Leuten, die eine ähnlich gefährlich aussehende, aber zahlenmäßig kaum überlegene Meute daran hindern soll, die Bühne zu erklimmen. Auf selbiger turnen tatsächlich die zu Männern mittleren Alters mutierten Backstreet Boys herum und bewegen ihre Münder zum Playback von *Larger Than Life*. Das Einzige, was hier jedoch wirklich larger than life erscheint, ist das riesige »Warum?«, das über der Szenerie schwebt und vielleicht nur für mich sichtbar ist. Das Publikum entpuppt sich bei näherem Hinsehen als ein Häufchen frenetisch mitsingender Mittdreißigerinnen. Nur vereinzelt sieht man zehnjährige Mädchen, die verlegen im Hintergrund stehen, auf ihren Telefonen herumwischen und sich offensichtlich sehr für ihre Mütter schämen. Einige der Mädchen haben ein Banner ihrer Mutter geklaut, auf dem »Nick, ich will ein Kind von dir« steht. Kichernd malen sie ein »k« vor das »ein« und geben es der Mutter zurück, die sogleich in Richtung Bühne stürmt und mit dem Banner vor Nicks Nase herumwedelt. Nick tritt nach vorne, krächzt ein Solo ins Mikrofon und zwinkert der Frau mit dem Banner schelmisch zu. Warum auch nicht? Er hat ja keine Ahnung, was da steht.

Auch Julia und Ernesto rennen sofort in die erste Reihe, boxen ein paar Fans aus dem Weg und beginnen begeistert mitzugrölen. Ich bleibe lieber bei den sich schämenden Mädchen stehen und hoffe, dass es bald vorbei ist. Um etwas zu tun zu haben, krame ich meine To-do-Liste hervor und hake den »Rache an Ernesto«-Punkt ab. Nicht, weil ich das Gefühl hätte, meine Sache sonderlich gut gemacht zu haben. Mich beschleicht lediglich der Verdacht, im Rachekampf gegen Ernesto nur verlieren zu können. Ich kapituliere.

Zum Glück sind wir recht spät angekommen, so dass ich nur *Quit playing games with my heart, I want it that way* und noch zweimal *Quit playing games with my heart* über mich ergehen lassen muss. Danach kommen Julia und Ernesto mit rosigen Wangen auf mich zu.

»Das war großartig!«, ruft Ernesto.

»Ja Mann, die Backstreet Boys rocken«, murmele ich. »Lasst uns das unbedingt bald wieder machen.«

Als ich mich zum Gehen wende, hakt Julia sich bei mir unter und schleift mich in die entgegengesetzte Richtung davon. Weg vom rettenden Ausgang und hin zu ein paar lieblos aufgestellten Klapptischen, an denen die erschöpft aussehenden Backstreet Boys sitzen und sich von einer Handvoll Verehrerinnen umgarnen lassen. Das Bild ist so traurig, dass ich fast schon wieder weinen muss. Ich frage mich, warum das so ist. Wieso macht das Alter manche Dinge so viel trostloser? Als dieselben Fans noch halb so alt waren und kreischend vor der Bühne in Ohnmacht fielen, war das irgendwie lustig. Das wächst sich schon noch raus, dachte man damals. Heute sieht man: Da hat sich nichts rausgewachsen. Die Frauen sind immer noch fünfzehn. Sie sehen nur nicht mehr so aus.

»Autogrammstunde«, flüstert Julia mir aufgeregt ins Ohr und stellt sich mit mir im Schlepptau in die Schlange.

Natürlich. Autogrammstunde. Ich treffe die Backstreet Boys. Das ist das Beste, was mir je passiert ist. Ich war noch nie so glücklich. Oh my fucking god. Oh mein fickender Gott. Ich müsste mir mein T-Shirt vom Leib reißen, auf und ab hüpfen und schreien wie am Spieß. Aber ich fühle mich zu alt dafür.

Schließlich stehen wir vor der Boygroup, die uns aus müden Augen ansieht und ihre morschen Glieder knacken lässt. Eigentlich fand ich die Backstreet Boys ja schon immer scheiße. Doch die Julias sagten stets, ein Mädchen sei erst dann ein richtiges Mädchen, wenn es von den Backstreet Boys träumt. Also träumte ich eines Nachts, dass Nick Carter nackt mit meiner Oma zum Metzger geht, um Schweineohren für Omas Dackel Manfred zu kaufen. Als ich den Julias von meinem Traum erzählte, fingen sie an zu weinen. Als ich meiner Oma von dem Traum erzählte, fing sie auch an zu weinen. Jetzt erzähle ich Nick Carter von meinem Traum. Er fängt nicht an zu weinen, sondern fragt, ob meine Oma noch Single sei. Ich sage, dass ihm mein Opa zuvorgekommen ist, sie sonst aber ein sehr schönes Paar abgegeben hätten. Jetzt fängt Nick an zu weinen.

»Sometimes I wish I could turn back time«, sagt er schniefend. A.J., Brian und Kevin machen pathetische Gesten dazu. Howie wirft sich auf die Knie und reißt sein Hemd auf. Julia seufzt vernehmlich, und auch Ernesto sieht aus, als wolle er am liebsten ein bisschen an Howie knabbern. Ich beschließe, die Meute ihrem Schicksal zu überlassen, und schleiche mich aus dem Einkaufszentrum. Ernesto und Julia haben ja jetzt jemand anders, den sie anstarren können, und brauchen mich nicht mehr.

Als ich auf die Straße trete, weht mir die laue Abendluft ins Gesicht. Mein innerer Dichter findet, dass sie mehr denn je nach Freiheit riecht. Ich nehme meine To-do-Liste und hake das Backstreet-Boys-Konzert ab. Das war bisher der bei Weitem anstrengendste Punkt.

Eine halbe Stunde später sitze ich auf der kleinen Terrasse hinter dem Haus meiner Mutter, eine Wolldecke um die Schultern geschlungen und ein Paar Hausschuhe an den Füßen. Meine Mutter duldet mich nicht ohne Hausschuhe, und die Hausschuhe dulden keinen Funken Restwürde: Hier bin ich das Kind. Und solange es diese Hausschuhe gibt, bleibe ich das auch.

Während ich krampfhaft versuche, den *Quit playing games with my heart*-Ohrwurm loszuwerden, erzählt meine Mutter von den Eichhörnchen in ihrem Garten. Dass sie immer zutraulicher werden, weil sie ihnen nicht einfach Haselnüsse zu fressen gibt, sondern Haselnussschokolade. Und manchmal Gummibärchen. Wie zum Beweis legt sie eine Tafel Schokolade auf den Tisch, bricht sie in viele kleine Stücke und wirft diese wahllos verteilt auf den Rasen. Gespannt starren wir beide in den dunklen Garten. Nichts passiert.

»Die kommen noch«, sagt meine Mutter zuversichtlich und haut mir auf die Finger, als ich mir das letzte Stück Schokolade nehmen will. Sie wirft es zu den anderen ins Gras.

Während ich die Nacht nach Eichhörnchen absuche, frage ich mich, was ich hier soll. Meine Kindheit mag hier zuhause sein, aber ich glaube nicht, dass ich sie hier aufarbeiten kann. Vermutlich hole ich mir nur ein neues Trauma, wenn ich zu lange bleibe. Wahrscheinlich ist eine Kindheit in erster Linie dazu da, verdrängt zu werden, und die Vergangenheit nichts, womit man sich allzu lange beschäftigen sollte. Sie ist der größte Mörder der Zukunft. Und wenn man zu viel über sie nachdenkt, nagt sie auch noch an der Gegenwart, bis man irgendwann nur noch aus Vergangenheit besteht.

Gerade versuche ich, meinem inneren Dichter den Mund mit Panzertape zu verkleben, da regt sich etwas im Garten. Ein buschiger Schwanz hüpft auf ein Schokoladenstück zu. Zwei kleine Pfoten greifen es und flitzen damit einen Baumstamm empor. Meine Mutter grinst mich triumphierend an, als habe sie gerade eine komplizierte wissenschaftliche Theorie bewiesen. Sie dreht sich gerade noch rechtzeitig zurück zum Garten, um das kleine Tier vom Ast fallen zu sehen. Mit einem dumpfen Knall schlägt es auf dem Boden auf. Schokolade scheint wohl doch nicht so richtig gut für Eichhörnchen zu sein.

»Ups«, sagt meine Mutter, steht auf und verschwindet im Halbdunkel des Gartens. Als sie zurückkommt, trägt sie das leblose Tier in den Händen.

»Erstickt«, sagt sie und kichert leise vor sich hin.

Sorgsam legt sie es auf der leeren Schokoladenverpackung ab. Dann holt sie eine Kamera aus der Tasche und macht ein Foto. Wahrscheinlich wird es in der Schublade bei den Rentnerfotos landen. Mein Verdacht auf Trauma-Nachschub verstärkt sich.

Ich beschließe, morgen wieder zurück nach Berlin zu fahren. Scheiß auf die blöde To-do-Liste. Es war dumm zu denken, dass sie irgendeine Bedeutung haben könnte. Nur eines will ich vorher noch tun: Ich muss wenigstens einmal zu dem Haus gehen, in das mein Vater gezogen ist, als meine Mutter ihr Sofa wieder benutzen wollte. Zwar hat er zuletzt nicht mehr dort gewohnt, aber ich kann mir nicht vorstellen, dass er es verkauft hat. Das wäre ihm viel zu viel Aufwand gewesen.

»Was willst du denn da?«, fragt meine Mutter, als ich ihr von meinem Vorhaben erzähle.

Ich zucke mit den Schultern.

»Keine Ahnung«, sage ich. »Ein paar Steine in die Fensterscheiben werfen, oder so.«

Meine Mutter mustert mich einen Moment lang.

»Ich fürchte, das wird wohl nichts«, sagt sie. Ich habe keine Ahnung, was das bedeuten soll. Manchmal sagt meine Mutter sehr kryptische Dinge. Ich glaube, das macht sie glücklich. Dann steht sie so plötzlich auf, dass der ganze Tisch wackelt und das arme tote Tier darauf fast zu Boden rollt. Mit entschlossener Miene zieht sie den Reißverschluss ihrer Jacke zu.

»Beweg dich, Kind«, sagt sie und zieht mich auf die Beine. »Ich begleite dich.«

Also laufen wir zusammen durch die Nacht. Ab und zu kommen uns noch vereinzelte Backstreet-Boys-Fans entgegen. Meine Mutter redet wieder über das Eichhörnchen.

»Einfach so erstickt«, sagt sie und schüttelt ungläubig den Kopf. »Dabei machen Eichhörnchen so was doch sonst nie.«

Ich hake mich bei ihr unter. Je näher wir dem Haus meines Vaters kommen, desto nervöser werde ich. Was eigentlich unsinnig ist. Es ist ja nicht so, als wäre er zuhause. Und wenn doch, kann ich wenigstens endlich mit dem Geheule aufhören.

»Hat eigentlich irgendjemand einen Schlüssel zu dem Haus?«, frage ich.

»Ein Schlüssel würde dir wenig bringen«, sagt meine Mutter und grinst verträumt.

Wieder so ein Satz, dessen Bedeutung sich mir nicht erschließen will. Ich bin mir noch nicht einmal sicher, ob ich so genau wissen will, was sie damit meint. Doch als wir zehn Minuten später ankommen, verstehe ich. Und ich weiß plötzlich auch, wieso ich nervös war: Da, wo das Haus sein sollte, steht kein Haus mehr. Da stehen nur ein achtlos aufgestellter Bauzaun und ein Schild mit einer Asbest-Warnung. Und dahinter ein ausgebranntes Gebäudegerippe, das in besseren Tagen mal das Heim meines Vaters gewesen sein könnte.

Mit großen Augen drehe ich mich zu meiner Mutter um.

»Nun guck mal nicht so«, sagt sie unbekümmert. »Es war doch nur ein Haus.«

Ich habe wenig Lust, ihr zu erklären, dass das Abfackeln eines Hauses den meisten Menschen mehr als einen erstaunten Blick entlocken würde. Vor allem, wenn die eigene Mutter sich so bereitwillig als Brandstifterin outet. Mütter tun ja so einiges. Häuser niederbrennen gehört normalerweise nicht dazu.

Ich versuche mir vorzustellen, wie meine Mutter mitten in der Nacht in Tarnkleidung und mit drei Kilo Streichhölzern bewaffnet durch die Straßen schleicht, ein Superhelden-Logo auf der Brust – vielleicht ein geschwungenes »M« für »Mutter« –, um dann systematisch und in absoluter Lautlosigkeit Vorhänge und Möbel und vollständigkeitshalber auch den Kamin zu entfachen. Es will mir nicht gelingen.

»Warst du noch so wütend auf ihn?«, frage ich, als ich meine Sprache wiedergefunden habe.

»Ach, Wut wird überbewertet«, antwortet meine Mutter. »Es war halt eines der Dinge, die ich einmal in meinem Leben getan haben wollte. Und er braucht das Haus ja jetzt nicht mehr, also dachte ich, es bietet sich an.«

Sie zieht wieder ihre Kamera aus der Tasche und macht ein Foto von der abgebrannten Ruine. In der Rentnerfotoschublade ist wohl noch Platz.

Es ist ja nicht unüblich, dass man sich mit zunehmendem Alter von seinen Eltern entfremdet. Dass sie einem gar ein wenig verschroben vorkommen. Dass sie Ansichten vertreten und Dinge tun, die man nur schwer nachvollziehen kann. Doch ich werde das Gefühl nicht los, dass meine Familie die Grenzen des Üblichen ein wenig überstrapaziert.

Meine Mutter tätschelt mir den Rücken, als wisse sie durchaus, was in mir vorgeht. Dann wendet sie sich ab und macht sich auf den Heimweg.

Ich zwänge mich durch eine Lücke im Zaun und laufe über knirschenden Schutt auf den traurigen Hausrest zu. Er sieht wirklich nicht gut aus. Meine Mutter hat ganze Arbeit geleistet. Wieder frage ich mich, was ich hier soll. »Vater enträtseln«, steht auf meiner To-do-Liste. Was für ein idiotischer Punkt. Eine Antwort auf die Rätsel, die Eltern ihren Kindern aufgeben, ist vielleicht nicht unauffindbar. Ich bezweifle aber, dass sie sich in einem niedergebrannten Haus versteckt. Aber wenn schon keine Antwort, so könnte ich ja wenigstens irgendwas Symbolisches finden. Etwas, das mir das Gefühl gibt, nicht umsonst hier zu sein. Seine alte Wolldecke mit den Zigarettenbrandlöchern zum Beispiel. Es ist ohnehin ein bisschen absurd, dass sie nun offensichtlich doch einem Feuer zum Opfer gefallen ist, das aber nicht durch die Zigarette eines schläfrigen Trinkers entfacht wurde.

Ich setze mich auf die Stufen vor dem, was früher mal eine Tür war, und starre auf die im Laternenschein daliegende Einfahrt. Es ist ein bisschen gruselig hier. Eigentlich könnte ich mir ganz gut vorstellen, dass der Geist meines Vaters plötzlich um die Ecke schwebt und mir mit einem Glas Wodka zuprostet. Ich frage mich, worüber wir reden würden. Über unsere Gene vielleicht. Unsere Gene waren schließlich schon immer unser Lieblingsthema.

Die Geschichte meines Vaters

Mein Vater hatte keine Eltern. Er wurde am 17. Juli 1738 am allerstinkendsten Ort des gesamten Königreichs unter einem Fischmarktstand geboren und besaß keinerlei eigenen Körpergeruch. Seine Mutter hauchte: »Lassen Sie mich das Kind sehen; dann will ich gerne sterben«, presste ihre kalten, blutleeren Lippen heftig auf seine Stirn – und starb. Daraufhin wurde mein Vater in der Natur ausgesetzt, weil das unter Wolpertingern so üblich war, und wuchs schließlich in einem Waisenhaus der Muggel auf.

So oder so ähnlich.

Genau wusste er selbst nicht mehr, wie seine Kindheit verlaufen war, denn er hatte sie schon in so vielen Varianten erzählt, dass er sich beim besten Willen, den er allerdings ohnehin nicht aufzubringen gedachte, nicht mehr an die ursprüngliche Version erinnern konnte. Mein Vater war Geschichtenerzähler. Die Realität erfüllte für ihn keine weitere Funktion als die einer ersten Skizze. Nur selten befand er sie für würdig, in ihrer reinsten Form wiedergegeben zu werden. Zu schwammig waren ihm die Bilder, zu holprig die Dramaturgie und zu magisch die Sprache, um damit schnöde Tatsachen zu schmücken. Was schon passiert war, konnte man getrost vergessen und war des Erzählens nicht wert, denn es war als Möglichkeit gestorben.

Die Frage nach der Realitätsnähe einer Geschichte empfand er als Beleidigung. Wer sie ihm stellte, handelte sich einen ausufernden Vortrag über das Verhältnis zwischen Wahrheit und Wirklichkeit ein, nach dem mein Vater sich sehr klug zu fühlen und auf die Suche nach würdigeren Zuhörern zu gehen pflegte.

Fakten über seine Vergangenheit waren ihm also kaum zu entlocken. Doch wie auch immer sein Leben seinen Anfang nahm: Er begegnete recht früh der Einsamkeit. Sie war für ihn da, wenn es sonst niemand war, was ja in der Natur der Einsamkeit liegt. Sie gefiel ihm nicht besonders, doch sie prägte ihn. Auch später, als er es durchaus vermochte, Gesellschaft vornehmlich weiblichen Geschlechts um sich zu scharen, wurde er kein Freund inniger zwischenmenschlicher Bande. Dabei mochte er Menschen, da war er nicht streng. Er mochte sie um sich haben und mit ihnen reden, wobei er lieber sprach als zuhörte. Er mochte die Sicherheit, die atmende menschliche Körper ausstrahlten. Er bewegte sich gerne in Menschenmassen. Er mochte es, gemocht zu werden.

Was er nicht mochte, waren die Konflikte, die Menschen mit sich herumtrugen und einander bei jeder sich bietenden Gelegenheit in die Gesichter schmierten. Deshalb schaute er gerne Soldaten beim Marschieren zu. Nicht weil ihm die Ordnung des Marschierens gefiel, sondern weil die Soldaten niemals gegeneinander stießen. Es kam nie zu einer Konfrontation, weil sie alle im Gleichschritt in dieselbe Richtung stapften. Dass ein Trupp schwerbewaffneter Kämpfer quasi der Inbegriff personifizierter Konfrontationsgier war, passte nicht in sein Bild und blendete er deshalb aus.

Auch sonst blendete er alles aus, was Ärger bedeutete. Er hatte es sich zum Ziel gesetzt, das harmonischste Leben zu führen, das je gelebt worden war. Das klappte eine Weile ganz gut, machte ihn jedoch zum größten Jasager dieser an Jasagern nicht armen Welt. Er stimmte allem und jedem zu, wenn er nur damit belohnt wurde, sich nicht streiten zu müssen. Er trank viel Alkohol, um seinen Bauch und seinen Geist zu polstern, falls doch einmal jemand Anstoß an ihm nehmen sollte. Er schmierte seine Ellenbogen mit Öl ein, damit er sie ausfahren und trotzdem zwischen den Menschen hindurchgleiten konnte. Sogar meine Mutter heiratete er nur, weil es ihn vor den Tränen grauste, die ein »Nein« nach sich ziehen würde.

Sie hatten sich ganz klassisch in einer Bar getroffen. Mein Vater saß vor dem Tresen, meine Mutter stand dahinter. Meine Mutter schenkte ein, mein Vater trank aus. Damit war der Grundstein für ihre Beziehung gelegt. Es war keineswegs so, als ließe sich mein Vater von meiner Mutter aushalten. Im Gegenteil, er hatte trotz seiner Trinkfreude weit mehr Geld als sie. Doch wer meinen Vater dauerhaft an sich binden wollte, musste ihm schon etwas bieten. Zum Beispiel die Aussicht, dass das gemeinsame Leben bequemer sein würde als sein Junggesellendasein, denn Bequemlichkeit war für seine Vorstellung von Harmonie unablässig. Da zwei Menschen, die man in ein gemeinsames Leben sperrte, jedoch nun mal nicht im Gleichschritt marschierten, war dies natürlich ein leeres Versprechen. Das wusste auch mein Vater, doch er blendete es aus.

So kam es, dass meine Mutter einige Jahre lang rund um die Uhr mit einer Flasche Wodka in der Hand durch die Gegend lief. Mit der anderen Hand hielt sie meinen Bruder, das Steuer oder trug Einkaufstüten, doch nie ließ sie die Flasche los, denn so konnte sie meinem Vater, der mit ähnlicher Konsequenz das dazugehörige Glas spazieren trug, auf Schritt und Tritt nachschenken. Die Umstehenden pflegten zu lachen, doch meine Eltern waren glücklich. Meine Mutter hatte meinen Vater, und mein Vater hatte die Bequemlichkeit, die seinem Harmoniebedürfnis angemessen war.

Natürlich wurde meine Mutter irgendwann des Flaschetragens müde, was ihrer Beziehung nicht nur jegliche Romantik, sondern auch das Fundament raubte. Doch da war es bereits zu spät. Zu konfliktbehaftet wäre es gewesen, sich zu trennen, und zu anstrengend das damit einhergehende Möbelschleppen. Und so wurden aus dem glücklichen Paar zwei sich miteinander arrangierende Menschen, die das Glück nur noch aus

Erzählungen kannten. Was meinem Vater völlig ausreichte und meine Mutter verzweifeln ließ. Natürlich war da noch mein Bruder als Glückslieferant, doch er war ja inzwischen schon ziemlich alt, kaum mehr Kind und fast schon Mann, und wollte lieber die Geheimnisse der Mädchen erforschen, als sich von meiner Mutter die Windeln wechseln zu lassen. Ein neues Kind musste also her. Als meine Mutter meinem Vater ihren Wunsch mitteilte, zuckte dieser nur mit den Schultern. Er wusste ja sowieso nicht, wie er Nein sagen sollte.

Und so wurde ich geboren. Ein Jasagerkind.

Danach wurde es kompliziert. Mein Vater war ein Mensch. Er war nicht in erster Linie Vater. Zum Glück, denn darin war er nun mal nicht besonders gut. In erster Linie war er cool, auch wenn das in seiner Jugend noch nicht so hieß. Damals hieß es dufte oder knorke oder klasse oder schnieke oder fesch oder fetzig oder urstgut oder toffte oder toll. Er spielte sogar in einer Rockband. Ein einziges Mal als Vorgruppe von The Who. Das wusste jeder, weil er es jedem erzählte.

In zweiter Linie war er Dozent. Er kam immer als Letzter in den Hörsaal, nicht aus Prinzip, sondern um der Dramatik seines Auftritts zu dienen.

»Sei der Letzte, der kommt, und der Erste, der geht«, sagte er immer und ließ es wie eine Weisheit klingen, wie alles aus seinem Mund wie eine Weisheit klang, so dumm es auch war.

In dritter Linie war er Ehemann. Und erst an vierter Stelle Vater. Und in diesen beiden letzten Punkten hielt sich sein Talent in eng gesetzten Grenzen.

»Sei nicht ehrlich, sondern authentisch«, sagte er immer, und aus seinem Mund klang selbst das wie eine Weisheit. Irgendwann war er der Erste, der kam, und der Letzte, der ging, nur eben nicht bei seiner eigenen Frau. Woraufhin meine Mutter endgültig nicht mehr seine Frau sein wollte und er ausziehen musste.

Es war sein siebenundachtzigster Umzug. Damit lag er über dem Durchschnitt. Er lag gerne über dem Durchschnitt. Vermutlich zog er deshalb noch ein achtundachtzigstes Mal um, irgendwo in den Osten. An einen einsamen Sandstrand vielleicht, um das Gras wachsen zu hören, bis er hineinbeißen musste. Und niemand fragte, an welchem Sandstrand genug Gras wächst, um den Mund voll zu kriegen. Weil er immer so viele Antworten auf jede Frage hatte, dass irgendwann niemand mehr Lust hatte zu fragen und irgendwann niemand mehr da war, der Lust hätte haben können.

»Einsamkeit ist auch nur ein Klischee«, sagte er immer und ließ es wie eine Weisheit klingen. Und dann wurde Einsamkeit zu seinem Klischee.

Wäre ich wie mein Vater, würde ich mir eine originelle Geschichte für ihn ausdenken. Eine, die frei ist von Klischees. Aber das Leben schreibt keine guten Geschichten. Das Leben schreibt nur Geschichten, die schon jeder kennt.

»Eine Geschichte ist immer nur so gut wie ihr Ende«, sagte er immer. Aber Lebensgeschichten enden nun mal nie gut. Und jetzt ist er tot. Das ist irgendwie unfair, schließlich hängen auch andere in verraucht-verruchten Kneipen herum und hören schlechte Rockmusik von einer Band, die angeblich irgendwann mal als Vorgruppe von The Who gespielt hat. Andere bringt das nicht um. Ihn schon. Und ich weiß nicht, wie ich es finden soll. Man kommt in das Alter, in dem die ersten Milchzähne ausfallen, in dem die ersten Zigaretten geraucht werden, in dem die ersten Freunde heiraten. Und man kommt in das Alter, in dem die Eltern sterben. In dem Alter bin ich aber noch lange nicht. Ich bin zu alt, um mich beschweren zu dürfen, und zu jung, um es in Ordnung finden zu können.

Ein wenig merkwürdig ist die Endgültigkeit des Ganzen. Ich kann nicht einfach mal gucken, wie es ist, wenn mein Vater tot ist, und wenn es mir nicht gefällt, lebt er halt wieder. Es ist jetzt so. Eigentlich kann ich es finden, wie ich will, ändern wird es sowieso nichts. Aber so einfach ist das wohl nicht. Töchter haben eine Meinung zu haben, wenn ihr Vater stirbt. Und ein Gefühl. Vorzugsweise Trauer, aber auch gehässige Freude ist gesellschaftlich anerkannt, weil man sie dann wenigstens moralisch verurteilen kann. Hilflosigkeit und Wut sind auch sehr gern gesehen. Oder wenigstens Nostalgie. Nur Gleichgültigkeit geht nicht. Gleichgültigkeit ist der stinkende Streuner, der nicht minder stinkende, weil stark parfümierte Damen die Straßenseite wechseln lässt. Was soll man denn sagen zu Gleichgültigkeit? »Ach, dein Papa ist tot, und es ist dir egal? Na, dann lass uns doch herzhaft in diese Walnuss-Koriander-Trüffel beißen und über das Wetter schwadronieren!« Nein, ein bisschen Drama braucht die Gesellschaft. Gleichgültigkeit ist den Sonderbaren vorbehalten, die keiner Gesellschaft mehr bedürfen, weil sie das Leben entweder durch und durch oder gar nicht begriffen haben.

Vielleicht ist die Lösung des Rätsels, dass es gar kein Rätsel gibt. Man verlangt ja von seinen Eltern, dass sie in erster Linie Eltern sind. Wenn ich meinem Vater etwas vorwerfen kann, dann, dass er nicht in erster Linie Vater war. Das mag berechtigt sein, aber ein Rätsel ist es nicht.

Ich klopfe meinem inneren Dichter auf die Schulter. Es gibt kein Rätsel. Das lasse ich durchgehen. Wenn man die Lösung nicht kennt, muss man eben das Rätsel anzweifeln. Ich nehme die To-do-Liste aus der Tasche und hake den »Vater enträtseln«-Punkt ab, dann stehe ich auf und lasse das tote Gebäude hinter mir. Ich will nach Hause.

Am nächsten Tag sitze ich in einem verspäteten ICE nach Berlin. Verspätet und stehend. Ich finde, das ist ein sehr schöner Satz: Ich sitze in einem stehenden ICE nach Berlin. Er steht zwar, aber immerhin steht er in Richtung Berlin. Das ist doch schon mal was. Der Grad der Verspätung ist an der Lautstärke der demonstrativen Seufzer meiner Mitreisenden messbar, die mit jeder Minute exponentiell steigt. Es sind noch zweihundert Meter bis Braunschweig. Natürlich will ich gar nicht nach Braunschweig. Ich glaube auch nicht, dass irgendjemand um mich herum nach Braunschweig will oder auch nur jemanden kennt, der jemals in seinem Leben nach Braunschweig wollte oder wollen wird. Aber es geht ja nicht darum, was wir wollen, sondern darum, dass wir es fast erreicht haben. Es ist so, als würde es sich ein ungewolltes Kind kurz vor der Geburt einfach anders überlegen. So sehr man es auch neun Monate lang nicht wollte, das Kind: Nun, da es fertig ist, muss das Ding auch raus. Es ist dieser kurze Moment kurz vorm Küssen oder kurz vorm Kotzen. Es muss einem nicht gefallen, was gleich kommt, aber irgendwie muss man es zu Ende bringen.

So ist es auch mit uns und Braunschweig. Wir wollen nicht dorthin, wir müssen. Diese letzten zweihundert Meter sind das Sinnbild all unserer Unzulänglichkeiten, ein Mahnmal unseres Scheiterns: jeder Meter eine verpasste Gelegenheit, ein Kuss oder eine Ohrfeige, zu denen uns der Mut gefehlt hat, ein vertrockneter Hundehaufen, den wir nicht vom Boden aufgehoben und einem Nazi oder Nachbarn an den Kopf geworfen haben.

Als wir zwanzig Minuten später weiterfahren und langsam gen Braunschweig gleiten, knackt der Lautsprecher und eine Frauenstimme fasst die Situation wie folgt zusammen: »Sehr geehrte Damen und Herren, in wenigen Minuten erreichen wir dann Braunschweig Hauptbahnhof. Wir bitten, dies zu entschuldigen.«

Ich lehne mich zurück und freue mich ein bisschen auf Ulf. Aber vor allem habe ich Angst. Den blöden Zettel hatte er nicht verdient. Ich kann mir kaum vorstellen, dass er das anders sieht. Er wird mich fragen, wo ich war. Und warum ich da war, wo ich war. Und ob es mir jetzt besser geht als zuvor. Und ich werde keine Antwort haben.

Als ich zwei Stunden später endlich in Berlin bin, kommt mir in den Sinn, dass ich Ulf vielleicht etwas mitbringen sollte, um ihn zu besänftigen. Ich gehe also in einen Supermarkt, greife mir die teuerste Eispackung, die ich finde, und stelle mich an der Kasse an. Ich habe Zeit. Zum einen, weil es mir noch immer vor der Aussprache mit Ulf graust, zum anderen, weil ich gar keine andere Wahl habe, als Zeit zu haben. Zwar stehe ich in der kürzesten Schlange, doch die dazugehörige Kassiererin hat ihren Kopf mit einem lauten »Plopp« in einer der unteren Regalreihen verschwinden lassen, um einem Kunden irgendeine Treueherzenprämienpfanne aus der Treueherzenprämienwanne herauszuwühlen. Dabei wackelt und winkt sie mit ihrem recht wohlgeformten Hinterteil den Männern im Laden zu.

In der Schlange neben mir geht es hingegen so schnell voran, dass die Kunden alle völlig außer Atem an der Kasse vorbeirennen. Wer sind diese Menschen?, frage ich mich. Eigentlich dürfte es sie doch gar nicht geben. Jeder Mensch, der jemals einen Supermarkt betreten hat, behauptet, länger als alle anderen gebraucht zu haben, um wieder herauszukommen. Weil jeder immer an der Kasse ansteht, an der es am längsten dauert. Jeder. Aber wer sind dann diese Menschen in der Schlange neben mir? Gibt es sie wirklich, jene Menschen, die keine Zigarette rauchen müssen, damit der Bus kommt? Jene Menschen, deren Brot nicht auf die Marmeladenseite fällt und deren Rotz sich immer schön gleichmäßig auf beide Nasenlöcher verteilt, anstatt wie bei allen anderen Menschen das Nasenloch zu verstopfen, auf dessen Seite man gerade liegt? Jene Menschen, die das Geräusch über Tafeln kratzender Fingernägel mögen, die nicht das kleinste bisschen Befriedigung fühlen, wenn sie einen gelben, prallen Pickel zum Platzen bringen? Die keine Politiker, Busfahrer und Zeugen Jehovas hassen und die Nazis ganz okay finden? Gibt es sie? Und wenn ja, wer sind diese Menschen? Es müssen unauffällige Gesellen sein, denn sonst würden sie den gesellschaftlichen Konsens stören. Und das wollen sie nicht, denn sie sind weise Menschen, die wissen, wie wichtig er ist, der gesellschaftliche Konsens. Die Menschen sind sich nicht über vieles einig, aber jedem, ob Sokrates oder Saruman dem Weißen, rutscht der Rotz ins linke Nasenloch, wenn er zu lange auf der linken Seite liegt.

Als die Kassiererin endlich wieder aus dem Regal geploppt ist und ich das Eis bezahlt habe, schlendere ich nach Hause. Um die Aussprache mit Ulf noch ein wenig hinauszuzögern, beschließe ich, zunächst bei Anna vorbeizuschauen. Als ich bei ihr klingele, höre ich zuerst ein dumpfes Poltern in der Wohnung und dann eine fluchende Männerstimme. Sekunden später wird die Tür geöffnet. Aber nicht von Anna oder Pallasch, sondern von Ulf.

Er sieht aus wie ein besonders trauriger Drogenabhängiger. Die Ringe unter seinen Augen sind schwarz wie die Nacht, und seine Tränensäcke baumeln traurig schlackernd an seinem Kinn herum. Sofort bekomme ich ein schlechtes Gewissen. Ich halte ihm das schon zur Hälfte geschmolzene Eis vor die Nase.

»Hallo«, sagt er und schiebt die Tür gerade so weit auf, dass er seinen Kopf durch den Spalt stecken kann. Allerdings macht er keine Anstalten, mich in die Wohnung zu lassen oder das Eis zu nehmen. Stattdessen sieht er mich erwartungsvoll an, als sei ich eine Zeugin Jehovas und er tatsächlich daran interessiert, über Gott zu reden.

»Was machst du denn hier?«, frage ich und lasse die Eispackung sinken. Ulf zögert.

»Ich, äh, führe Annas Hund aus«, sagt er dann und blickt nervös über die Schulter.

»In Annas Wohnung?«

»Na ja, er hat halt nur drei Beine. Ich wollte ihn nicht überanstrengen.« Ulf grinst verlegen. Irgendwas stimmt hier nicht.

So sehr ich mich noch bis eben vor der Konfrontation mit Ulf gefürchtet habe, jetzt macht er mich sauer. Ich versuche, an ihm vorbei in die Wohnung zu gucken, aber er versperrt mir den Blick. Ich schaue ihn wütend an. Allmählich wird mir die Situation zu blöd.

»Wenn du mir nicht erklärst, warum du dich wie ein Vollidiot aufführst, verprügele ich dich«, sage ich.

»Na gut«, sagt er und atmet tief durch. »Ich wollte wirklich den Hund ausführen. Aber dann kam mir was dazwischen.«

»Was denn?«, frage ich und runzele die Stirn.

»Pallaschs Füße.«

»Pallaschs Füße?«

»Ich wollte mit dem Hund raus, weil Anna mit dem Baby bei Freunden ist, und als ich das Vieh gesucht hab, bin ich plötzlich über Pallaschs Füße gestolpert.«

Ich gucke Ulf verständnislos an. Er seufzt, tritt einen Schritt zurück, und ich folge ihm in die Wohnung. Dann deutet er auf ein Paar Füße, das hinter dem Sofa hervorlugt.

»Oh«, sage ich, stelle die Eispackung auf dem Tisch ab und gehe um das Sofa herum. Dahinter sitzt der dreibeinige Hund und wacht über Pallasch, der reglos und offensichtlich tot auf dem Rücken liegt. Neben ihm liegen ein leeres Tablettendöschen und eine umgefallene Whiskyflasche. In der leblosen Hand hält er ein Stück Papier, auf dem »Ich bin dich nicht wert« steht.

»Das wird Anna aber gar nicht gefallen.«

»Ich weiß«, sagt Ulf. *»Ich bin dich nicht wert.* Das muss der einfallsloseste Abschiedsbrief sein, der je geschrieben wurde. Ich hab schon überlegt, den Brief durch einen besseren zu ersetzen.«

Ich nicke.

»Sehr löblich«, sage ich.

Ulf kratzt sich am Kopf.

»Wollen wir Strohhalme ziehen, wer es Anna sagen muss?«, fragt er. Ich schüttele den Kopf.

»Das mach ich schon. Aber ich glaube, der Hund muss wirklich mal raus.« Ich zeige auf eine gelbe Pfütze, die den Ort ziert, an dem der Hund gerade noch saß.

»Na gut«, sagt Ulf. »Lass uns spazieren gehen. Dann kannst du mir auch erzählen, wie und wo du gestern Nacht verbracht hast.« Er wirft mir einen vorwurfsvollen Blick zu. Das musste ja kommen. Nicht einmal ein toter Pallasch konnte mich davor bewahren.

»Meine Nacht war nämlich großartig«, fährt Ulf fort. »Ich hatte zwar plötzlich keine Freundin mehr, aber dafür hatte sie mir einen Zettel hinterlassen! Einen wunderschönen Zettel, auf dem ein abgegriffener und völlig unlustiger Spruch stand! Es musste der einfallsloseste Spruch sein, der je geschrieben wurde. Wer hätte nicht gern so einen Zettel?, habe ich mich gefragt und mich gefreut, doch jetzt ist meine Freundin wieder da, und ich frage mich, wieso, wo es mir doch mit meinem Zettel viel besser ging!«

Ich blicke schuldbewusst zu Boden. Ulf schwadroniert noch ein wenig über seinen Zettel, aber ich höre ihm nicht zu, weil mich ein Geräusch ablenkt. Ein Rasseln. Oder ein Gurgeln. Es klingt unappetitlich. Sofort fällt mein Blick auf den Hund, doch der zaubert gerade mit unschuldigem Blick und in völliger Lautlosigkeit eine weitere gelbe Pfütze in eine andere Ecke des Raums. Das ist zwar auch unappetitlich, rasselt aber nicht. Mein Blick wandert vom Hund zu Pallasch. Dann gucke ich wieder Ulf an.

»... als hätte ich nichts Besseres zu tun, als darüber zu rätseln, was so ein ...«

»Du?«

»... blöder Zettel bedeuten könnte. Ich dachte schon, du hättest ...«

»Du?«

»... plötzlich angefangen zu rauchen, oder ...«

»DU?«

»Was?«

Ich deute auf Pallasch.

»Ich glaub, der lebt noch.«

Ulf guckt mich verständnislos an. Dann guckt er Pallasch verständnislos an. Wir hocken uns neben den vermeintlichen Leichnam und lauschen. Ja, es rasselt. Und das Rasseln kommt eindeutig aus Pallaschs Kehle.

»Hm«, sagt Ulf unbeeindruckt. »Eben hat der noch nicht gelebt.«

»Natürlich nicht«, sage ich, verdrehe die Augen und rufe einen Krankenwagen.

Und dann warten wir. Der Hund pinkelt, Pallasch rasselt, das Eis schmilzt, und Ulf und ich schweigen einander an. Es ist die unangenehmste Stille, die es je zwischen uns gab, und ich werde das Gefühl nicht los, dass das nichts mit der Fast-Leiche zu tun hat, die zwischen uns auf dem Boden liegt.

Als es endlich klingelt, springe ich erleichtert auf und öffne die Tür. Zwei Sanitäter laden Pallasch auf eine Trage und schleppen ihn die Treppe hinunter. Ein Dritter baut sich vor uns auf und hält uns einen Vortrag über Erste Hilfe und die stabile Seitenlage. Kurz keimen in mir tatsächlich leichte Schuldgefühle auf. So richtig um Pallasch gekümmert haben wir uns ja wirklich nicht. Doch Ulf scheint diese Gefühle nicht zu teilen.

»Ach, wie soll man sich das denn alles merken?«, ruft er. »Rasselnde Menschen liegen also gerne auf der Seite. Schön für sie! Ein rasselndes Vogeljunges hingegen darf man auf keinen Fall anfassen, weil es sonst später nicht mehr von seiner Mutter angenommen wird.«

Der Sanitäter kratzt sich am Kopf.

»Sie haben den Mann da also mit einem Vogeljungen verwechselt?«

»Sozusagen«, sagt Ulf und ist offensichtlich erfreut über die Verständigkeit des Sanitäters.

»Aha«, sagt der Sanitäter, kratzt sich weiter am Kopf und sieht Ulf nachdenklich an. Schließlich zuckt er mit den Schultern und folgt seinen Kollegen aus der Wohnung.

Er schien wirklich ein kluger Sanitäter zu sein. Wenn Ulf anfängt, mit Vogeljungen zu argumentieren, ist mit den Schultern zu zucken und zu gehen das Beste, was man tun kann.

Da wir nicht im Krankenwagen mitfahren dürfen, müssen wir uns zu Fuß auf den Weg machen. Ulf will unbedingt noch mal in unsere Wohnung, bevor wir losgehen. Er nimmt den Gips aus dem Hamsterkäfig und legt ihn um seinen Arm. In der Zwischenzeit hole ich eine Kamera und mache ein Foto von der kleinen Hamsterleiche, die Ulf noch immer nicht beerdigt hat. Träge liegt das kleine Tier im Hamsterrad, als wäre das Rad eine Hängematte und der Käfig ein Strand. Es wird bestimmt ein schönes Bild. Meine Mutter wäre stolz auf mich.

Ich wende mich ab, nehme die Eispackung und stelle sie ins Kühlfach. Als ich mich wieder umdrehe, stutze ich. Der Hamsterkäfig ist plötzlich leer.

Sofort fällt mein Blick auf meinen Hund, schließlich steht die Tür des Käfigs noch offen. Ich kann mir kaum vorstellen, dass er die Gelegenheit nicht genutzt hat. Doch mein Hund liegt drei Meter entfernt auf dem Boden und schaut mich aus unschuldigen Augen an. Ulf, der bis gerade noch mit dem Gips beschäftigt war, guckt zwischen meinem Hund und mir hin und her.

»Was ist los?«, fragt er.

Ich deute auf den leeren Käfig.

»Der Hamster ist weg.«

Die Geschichte des Hamsters

Der Hamster hatte es nicht leicht. Geboren wurde er in einem Berliner Heimtierladen mit dem Namen »Kauf dir 'ne Eule, Keule«. Das an sich musste schon eine Strafe für schlechtes Karma aus einem früheren Leben sein.

Einige Wochen durfte er dort bei seiner Mutter bleiben und mit seinen Geschwistern balgen, doch viel zu bald erschien vor seinem Käfig eine riesige, lachende Kinderfratze und eine schokoladenverschmierte Hand, die ausgerechnet auf ihn zeigte. »Den da will ich!«, quäkte die dazugehörige Mädchenstimme, die für ihn wie ein dumpfes Donnergrollen klang.

Er wurde am Nacken gepackt, von seiner Familie getrennt und in einen kleinen Käfig gesperrt, in dem kaum etwas anderes Platz fand als ein Hamsterrad.

»Das Rad muss sich immer drehen, mein Sohn«, war die einzige Maxime, die seine Mutter ihm eingebläut hatte. Auf die Frage, warum sich das blöde Rad denn unbedingt drehen müsse, hatte sie nur mit den Schultern gezuckt und ihn mit Nüssen bespuckt. Dann hatte sie ihn ins Rad gescheucht und ihm beigebracht, wie man darin lief, ohne mit den Pfötchen ständig durch die Streben zu rutschen und sich die Zähne auszuschlagen.

Und nun hatte er also sein eigenes Hamsterrad. Er mochte dieses Rad nicht, denn er rannte nicht gern. Lieber hätte er sich ein großes und gemütliches Nest gebaut, in dem er den ganzen Tag hätte herumliegen, schlechte Teeniemusik hören und Haschnüsse backen können. Vielleicht war er nicht der fleißigste Hamster der Welt. Doch entgegen dem äußeren Anschein hatte das nichts mit Faulheit zu tun. Er war einfach nur klüger als die meisten Hamster. Er fühlte sich verkannt. Es war ja nicht so, dass er grundsätzlich gegen Bewegung war. Durchaus wäre er bereit gewesen zu laufen, wenn er wenigstens damit belohnt worden wäre, irgendwann irgendwo anzukommen. Das Nichtrennen war seine Form der Systemkritik, sein stiller

Protest gegen ergebnislose Beschäftigungstherapie. Denn nichts anderes war es doch, das ewige und zermürbende Im-Rad-Rennen, dachte er und rückte seine gläserlose Brille zurecht, die er sich aus einem Grashalm gebastelt hatte, um so klug auszusehen, wie er sich fühlte. Ein Training für das Nichts war es, ein Sinnbild der Sinnlosigkeit.

Das Mädchen, in dessen Zimmer er hauste, sah das leider anders. Tag und Nacht saß es vor seinem Käfig, klopfte gegen die Gitterstäbe und schrie: »Mama, die Keule bewegt sich nicht!«

Die Familie war gerade erst nach Berlin gezogen und hatte es für originell befunden, den Hamster in Anlehnung an den Laden »Keule« zu nennen. Als er das hörte, beschloss er, sich überhaupt nicht mehr zu bewegen. Er setzte sich in das Hamsterrad, verschränkte die Vorderpfoten und schmollte.

So dauerte es keine Woche und er saß wieder im Laden. Das Schokoladenmädchen schnappte sich einen seiner lauffreudigeren Brüder und musste kurz darauf feststellen, dass einem rennenden Hamster zuzuschauen genauso langweilig war wie einem sitzenden.

Der Hamster namens Keule hingegen landete wenig später in unserer frisch bezogenen und mit Umzugskartons vollgestellten Wohnung. Das änderte nicht viel in seinem Leben, außer dass jetzt kein Mädchen mehr vor seinem Käfig saß, sondern ein Hund. Dass der Hund hübscher war als das Mädchen, wusste er verständlicherweise kaum zu schätzen, denn auch dieser beschwerte sich lauthals darüber, dass sich der Hamster nicht bewegte. Vor allem darüber, dass er nicht nah genug an die Gitterstäbe kam, um angeknabbert zu werden. Tag und Nacht jaulte der Hund das kleine Tier an und trieb es schließlich in den Selbstmord. Oder in das klügste Fluchtmanöver, das ein Hamster je ersonnen hat.

»Vielleicht hat er seinen Tod nur vorgetäuscht«, sagt Ulf und starrt ratlos auf den leeren Käfig.

»Wahrscheinlich«, sage ich, während ich unter einem Schrank nach dem Tier suche. »Der Hamster und Pallasch scheinen mehr gemeinsam zu haben, als wir dachten.«

Wir öffnen alle Schubladen und Schränke, kriechen unter das Sofa, gucken in jeden Umzugskarton, in jede Kekspackung und in die Schnauze meines Hundes. Der Hamster bleibt verschwunden. Nachdem wir eine halbe Stunde die Wohnung durchkämmt haben, geben wir auf. Eigentlich finde ich den Gedanken sogar ganz schön, dass der Hamster sich nur tot gestellt hat, um dann durch die offene Käfigtür in die Freiheit zu entkommen.

Wir beschließen, uns endlich auf den Weg ins Krankenhaus zu machen und nach Pallasch zu sehen. Ulf kommt unter dem Sofa hervorgekrochen, wischt die Hundehaare von seinem Gipsarm und legt diesen in eine Schlinge. Dann sieht er mich erwartungsvoll an.

»Kann ich so gehen?«, fragt er.

»Klar«, sage ich. »Aber wieso solltest du so gehen wollen?«

»Wegen der Krankheitscompetition«, sagt er. »Wenn ich im Krankenhaus zu gesund aussehe, fühle ich mich immer so underdressed.«

Ich muss lachen. Es ist also so weit. Die Phase unseres Lebens hat begonnen, in der nur noch die Stärke unserer Gebrechen zählt. Ab jetzt wird die Frage, wer das Alphatier im Stall ist, mit Bekannten bei Kaffee und Kuchen geklärt: Alle Frauen legen ihre Krampfadern auf den Tisch und küren die schönste Ader. Die Männer hingegen legen weiterhin ihre Penisse auf den Tisch. Bei ihnen hat sich also nicht viel geändert, außer dass jetzt nicht mehr der größte, sondern der schrumpeligste gewinnt.

Doch als wir im Krankenhaus ankommen, muss ich einsehen, dass Ulf recht hat. Wir fragen am Empfang nach Pallasch, dürfen aber noch nicht zu ihm und beschließen zu warten. Als wir den Wartesaal betreten, treffen mich von allen Seiten missbilligende Blicke. Ulf hingegen wird von den anderen Wartenden nur kurz beschnüffelt und dann als einer der Ihren aufgenommen. Vereint in kollektiver Misere wechselt er mit allen Anwesenden kumpelhafte Blicke des gemeinsamen Leidens. Währenddessen rutscht er unauffällig von mir weg.

»Du bist ein schlechter Mensch«, sage ich.

»Ich weiß«, flüstert er. »Aber ich war schon früher in der Schule Außenseiter, weil ich mal mit Nasenfleisch-Nico gesichtet wurde. Das kann ich nicht noch mal durchmachen.«

Eigentlich ist es eher der misslungene Versuch eines Flüsterns. Ulf hat einen Flüsterdefekt. Wenn er zu flüstern versucht, kommt dabei ein von einem tiefen Bass geprägtes Raunen heraus, das im Umkreis von dreißig Metern jeder nicht nur hört, sondern auch Wort für Wort versteht.

»Wer war Nasenfleisch-Nico?«, frage ich.

»Ein Junge, dem nach einer Nebenhöhlen-OP ein kleiner Fetzen Fleisch in der Nase verrottete. Das stank so sehr, dass niemand mehr mit ihm reden wollte«, flüstert Ulf.

Das gesamte Wartezimmer verzieht angeekelt das Gesicht.

»Wie gemein«, sage ich.

»Ja«, sagt Ulf. »Vor allem, weil der Fetzen ja in *seiner* Nase war und es bestimmt für ihn selbst noch am meisten gestunken hat. Und jetzt hör auf, mit mir zu reden, sonst denken die Leute noch, dass wir uns kennen.«

Resigniert stehe ich auf und suche nach einem Ort, an dem ich nicht auffalle. Schließlich setze ich mich auf einen winzigen Hocker in der Kinderecke und bewerfe die spielenden Kinder mit Bauklötzen.

»Was machen Sie denn da?«, kreischt eine empörte Mutter. »Und welches Kind gehört überhaupt zu Ihnen?«

»Ich weiß nicht«, sage ich. »Das da drüben sieht ganz niedlich aus. Ist das noch zu haben?«

Die Miene der Mutter gefriert. Über Kinder macht man keine Witze. Kinder sind wie Geld, oder Religion, oder eben wie Mütter: keine Witze gestattet.

Ich setze mich wieder zu Ulf.

»Na, hast du deine Anbiederungsversuche aufgegeben?«, frage ich und deute auf den Gips, den er sich vom Arm gestreift und auf seinen Schoß gelegt hat.

»Ja, ich habe beschlossen, dass ich über solchen gesellschaftlichen Zwängen stehe.«

Ich betrachte seinen Arm, der mit kleinen braunen Flecken gesprenkelt ist.

»Klar, und außerdem ist dir eingefallen, dass der Gips voller Hamsterköttel war«, sage ich.

Ulf grinst und wischt sich die braunen Flecken vom Arm. Eine Weile sitzen wir schweigend nebeneinander. In der Kinderecke bewirft ein kleines Mädchen einen kleinen Jungen mit Bauklötzen. Immerhin schon mal ein Kind, das etwas von mir gelernt hat. Vielleicht wäre ich ja doch eine gute Mutter.

»Hat letzte Nacht denn wenigstens was gebracht?«, fragt Ulf.

Da ist sie, die Frage nach dem Sinn. Ich wusste, dass sie kommen würde. Eine Antwort habe ich trotzdem nicht. Ich denke über gestern Nacht nach. Ein erstицktes Eichhörnchen habe ich gesehen. Und ein abgebranntes Haus. Ich war wie eine Touristin, die vorsichtig die Abgründe zwischen ihren Eltern hinabspähte. Ich habe mit Ernesto Mozzarella gegessen und Nick Carter zum Weinen gebracht. Allein dafür hat es sich gelohnt. Aber ob das alles wirklich etwas gebracht hat, weiß ich auch nicht.

Glücklicherweise bleibt es mir erspart zu antworten, denn in diesem Moment kommt Anna ins Krankenhaus gestürmt. Auf dem Arm trägt sie den völlig verdutzt dreinschauenden Rüdiger.

Ich laufe ihr entgegen, um sie abzufangen, doch als ich sie in den Arm nehmen will, stößt sie mich weg.

»Wo ist er? Was habt ihr mit ihm gemacht?«, fragt sie mit brüchiger Stimme und panischem Blick. Hektisch sieht sie sich um, als erwarte sie, dass wir Pallasch irgendwo im Wartezimmer versteckt haben.

»Ich glaube, die pumpen ihm gerade ...« Doch Anna ist schon zum Empfang gerannt und hämmert nun im Sekundentakt auf die Klingel, obwohl die Schwester direkt vor ihr steht. Ding, ding, ding, schallt es durch den Wartebereich, Rüdiger fängt an zu weinen, und alle Köpfe wenden sich dem Empfang zu, ding, ding, ding, bis die Schwester mit beneidenswerter Ruhe und stählernem Lächeln ihre erstaunlich große Hand auf Annas legt und die Klingel zum Schweigen bringt. Kaum legt sich der Lärm der Klingel, verstummt auch Rüdiger.

»Wo ist mein Mann?«, fragt Anna sofort in die ihr offensichtlich unheimliche Stille hinein und befreit ihre Hand aus der Krankenschwesterpranke. »Was habt ihr mit meinem Mann gemacht? Wo habt ihr ihn hingebracht? Was habt ihr mit ihm gemacht?«

»Wer ist denn Ihr Mann?«, fragt die Schwester, ohne ihr gruseliges Lächeln abzulegen. Trotz des Lächelns und trotz des Redens schafft sie es, durchgehend mit den Zähnen ihres gewaltigen Kiefers zu knirschen. Es würde mich nicht wundern, wenn die Klingel, auf der noch immer ihre Hand ruht, aus Angst zu Staub zerbröseln würde.

»Pädo-Pallasch. Pallasch, meine ich. Pallasch heißt er. Was habt ihr mit Pallasch angestellt?«

Anna muss wirklich durcheinander sein. Ich stehe in sicherem Abstand hinter ihr und will helfen, traue mich aber nicht näher ran. Anna wirkt wie ein Mensch gewordener Michael-Bay-Film: hochexplosiv und unfähig zu vernünftigem Dialog.

Die Schwester hingegen scheint Annas Auftreten nicht im Geringsten zu verunsichern. In aller Seelenruhe tippt sie auf ihrer Tastatur herum. Nach einer gefühlten halben Stunde sieht sie wieder Anna an.

»Soweit ich das hier sehe«, sagt sie und lächelt wieder ihr überlegenes Lächeln, »ist die Frage nicht, was wir mit Ihrem Mann angestellt haben, sondern was Ihr Mann mit sich selbst angestellt hat. Und jetzt setzen Sie sich, sonst lasse ich Ihnen ein Beruhigungsmittel spritzen.«

Eine Stunde später sitzen Ulf und ich an unserer Stammkneipentheke. Anna und Rüdiger sind im Krankenhaus bei Pallasch geblieben, der zwar tatsächlich noch lebt und inzwischen auch einen leeren Magen hat, aber noch immer in komatösem Zustand vor sich hin dämmert. Wir wären auch dageblieben, hielten es aber für eine gute Idee, zur Abwechslung mal wieder die Hunde zu lüften. Vor allem weil der dreibeinige Hund inzwischen den gesamten Teppichboden in Annas und Pallaschs Wohnung gelb gefärbt hat.

Neben uns an der Theke sitzen Klaus und die anderen Griechen. Im Raum herrscht andächtiges Schweigen. Als wir reinkamen, haben wir in wenigen Worten erzählt, was mit Pallasch passiert ist. Das schien die Stimmung, sofern es an diesem ohnehin sehr traurigen Ort möglich ist, noch weiter zu senken. Die Barkeeperin trocknet seit zehn Minuten dasselbe Glas ab und starrt ins Leere. Ab und zu rinnt ihr eine Träne über die Wange. Der dreibeinige Hund liegt neben dem Hocker, auf dem normalerweise Pallasch sitzt. Nach unserem Spaziergang ist er einfach zielstrebig in die Kneipe gelaufen. Er fühlt sich hier offensichtlich sehr zuhause. Mein Hund hingegen drängt sich dicht an meine Beine und beäugt die triste Szenerie unverkennbar skeptisch und mit leicht gerümpfter Nase.

Plötzlich hickst Klaus, hebt sein Weinglas und sagt mit dröhnender Stimme: »Auf Pallasch!«

Die anderen Griechen schrecken aus ihrem Dämmerzustand hoch und tun es ihm gleich. Sogar die Barkeeperin gießt sich ein Glas Schnaps ein, prostet der Runde zu und kippt es dann in einem

Zug runter. Ulf und ich sehen einander an und zucken resigniert mit den Schultern. »Auf Pallasch«, sagen wir im Chor, heben kurz unsere Biergläser und nehmen jeweils einen Schluck. Wer hätte gedacht, dass ich mal auf Pallaschs Wohl trinken würde? Aber vielleicht sollte man das Ganze bei jemandem, der zwischen Leben und Tod schwebt, nicht so genau nehmen. Immerhin scheint er ja zu wissen, was für ein Vollidiot er ist.

Während Ulf und ich unsere Gläser nur aus Höflichkeit heben, scheint unsere Trinkgesellschaft ehrlich bedrückt zu sein. Denkt man ja nicht. Ich jedenfalls dachte, die sitzen hier immer nur stumm nebeneinander, jeder in seinen Suff versunken, und teilen sich ihr selbst erkorenes zweites Wohnzimmer zwangsläufig miteinander, wie man eben auch WG-Küchen mit unliebsamen Mitbewohnern teilt. Aber die Barkeeperin kippt nun schon ihren dritten Schnaps, und die Griechen stieren mit einer Intensität in ihre Weingläser, als beteten sie zu Dionysos. Noch nicht einmal Klaus kichert. Ich nehme an, dass außer Ulf und mir keiner der Anwesenden Pallaschs zugleich größtes Problem und schlechteste Eigenschaft kennt. Aber vielleicht ist das auch besser so. Zumindest gibt es eine Handvoll Menschen, denen es nicht egal ist, ob er lebt oder stirbt.

Ich frage mich, ob es diese Handvoll Menschen bei meinem Vater auch gab. Ob jemand geweint hat bei seiner Beerdigung. Ob überhaupt jemand da war. Immerhin hat Meister Yoda sich die Mühe gemacht, meine Adresse herauszufinden und mir zu schreiben. Aber da »Dead your father is« der einzige Satz in dem Brief war, den ich verstanden habe, kann ich nicht sicher sagen, wer Meister Yoda überhaupt ist. Er könnte sein bester Freund sein, seine letzte Geliebte oder auch einfach ein Beamter mit schlechter Handschrift.

»Ich will eine Familie«, sage ich zu Ulf. Woher das plötzlich kommt, weiß ich auch nicht. Aber es ist wahr. Ich will eine Familie. Ein Rudel. Eine Ork-Meute aus Ulf und mir, mit uns als Alphatieren und mit Eis als Religion. Wenn das bedeutet, dass ich

Windeln wechseln und Kinderkotze wegwischen muss, dann will ich auch das. Ich will gebraucht werden. Ich will Menschen, die zu mir gehören. Die meine Gene tragen, mit so viel Würde, wie es meine Gene eben zulassen. Und ich will Rentner erschrecken. Ich will, dass es Namen gibt, die ich niemals vergessen darf und die ich doch vergesse, wenn ich zu alt fürs Erinnern bin. Ich will meine Handvoll Menschen.

All das denke ich nur, aber der eine Satz, den ich laut ausgesprochen habe, scheint Ulf zu reichen. In einem Zug trinkt er sein Glas leer, gibt mir einen feuchten Bierkuss und steht dann auf. Ich ziehe die Augenbrauen hoch.

»Wo musst du'n plötzlich so schnell hin?«

»All unsere Kondome wegwerfen«, sagt Ulf, küsst mir die Hand und geht grinsend zur Tür. »Bevor du's dir anders überlegst.«

3

Neun Monate später.

Ich liege auf dem Rücken und streiche mir über den Bauch. Er ist dick und rund und sieht aus, als wolle er jeden Moment platzen. Ich stelle ein Glas Wasser darauf ab und versuche es auszubalancieren, gebe aber schon nach kurzer Zeit auf, denn mir ist schlecht. Ulf und ich haben zur Abwechslung mal wieder Eis zu Abend gegessen. Ich frage mich, wie wir das früher jeden Tag tun konnten. Mein Magen windet sich vor Schmerz und droht mir wütend mit den Fäusten, und mein Bauch ist aufgebläht, als wäre ich schwanger. Was ich aber nicht bin. Immer noch nicht. Dabei mangelt es nicht an Versuchen. Seit neun Monaten springen wir, sobald das Ei springt, und zwar erst aufeinander und dann ins Bett. Wir messen Temperaturen, wir rennen zu Ärzten, und wir haben uns sogar unserem Schicksal gebeugt und den schlimmsten Ort der Welt aufgesucht: Internetforen. Kaum etwas lässt mich so sehr an meiner pazifistischen Welteinstellung zweifeln. Wenn ich in einem Forum lande, tränen mir nach spätestens zwei Minuten die Augen, und ich bin nicht sicher, ob das an der optischen Reizüberflutung blinkender Werbebanner und allgegenwärtiger Smileys liegt, oder ob mich die sterbende Kommunikationsfähigkeit meiner Mitmenschen einfach zum Weinen bringt.

Hinzu kommt, dass man sowohl Fragen als auch Antworten meist gar nicht versteht, wenn man nicht zu einem kleinen Kreis eingeweihter Foreneingeborener gehört. In Schwangerschaftsforen stehen zum Beispiel Dinge wie: »ZT 38, keine mens, 2x GV, 2 STs beim FA negativ, wäre 2. SS. Was soll ich tun?«

Das Ganze liest sich also ein bisschen wie Wohnungsannoncen. Anfangs habe ich immer geantwortet: »Biete 3ZKDB, AB mit BLK, EK und TeBo, 600 € WM. Wär das was?« Bis Ulf mir verkündete, das sei selbst in seinem sehr weit gefassten Verständnis von Humor eher unlustig. Außerdem seien Foren eine gute Sache und ich ein Rechtschreibnazi. Ich solle doch lieber lesen, was da für tolle Tipps stünden.

»Guck mal«, sagt er jetzt und stellt seine leere Eisschüssel zur Seite. »Keuschlamm.«

Er zeigt mir das Bild einer Pflanze, die ein bisschen wie Hanf aussieht.

»Muss ich das rauchen?«, frage ich.

»Nee, schlucken.«

Ich gucke ihn zweifelnd an, aber Ulf scheint es ernst zu meinen. Ich soll Schlamm schlucken.

»Und dann?«, frage ich. »Werde ich davon schwanger?«

»Nee, von mir. Wahrscheinlich. Also vielleicht. Keine Ahnung. Vielleicht finde ich ja noch was anderes.«

Ulf versinkt wieder in seiner Forenwelt. Irgendwie fand ich es weniger anstrengend, kein Kind zu wollen. Ich ging fast nie zum Arzt, musste nicht über Zyklen und Eisprünge nachdenken und konnte in Ruhe über Kinder lachen, die auf Spielplätzen vom Klettergerüst fielen. Wenn ich das heute mache, ernte ich immer einen rügenden Blick von Ulf, der ihn schon jetzt wie einen empörten Vater aussehen lässt.

Außerdem gehe ich inzwischen so oft zum Frauenarzt, dass dieser schon meinen Namen kennt. Das wäre unter normalen Umständen kein Problem, doch es gibt mir das ungute Gefühl, dass er mehr über mich als ich über ihn weiß. Nicht nur, weil er mir quasi schon von unten bis in den Hals geguckt hat, sondern auch, weil ich ernsthafte Zweifel an seiner Identität hege. Er klingt so haargenau wie Udo Lindenberg, dass ich mich immer erschrecke, wenn er den Mund aufmacht. Und er sieht auch ein bisschen so aus. Im Wartezimmer tummeln sich hauptsächlich hibbelige Damen reiferen Alters mit so wohlfrisiertem Haupthaar, dass ich gar nicht wissen will, was sie mit ihrer Schambehaarung angestellt haben, um dem Doktor zu gefallen. Und wenn mir der Arzt dann in seiner basslastigen Stimme erklärt, er wisse auch nicht, warum in meinem Bauch nur Eis und kein Kind schwimmt, warte ich nur darauf, dass er mir sagt, die Antwort sei sicherlich irgendwo hinter dem Horizont zu finden.

Ich hieve meinen unschwangeren Leib vom Sofa und bringe die leeren Eisschüsseln in die Küche. Kein Kind zu wollen war vor allem weniger anstrengend, weil es einfacher ist, etwas nicht zu wollen, als etwas nicht zu können. Dieses Nicht-Können gefällt mir nicht. Darf man ja auch nicht. Leistungsgesellschaft und so. Ich glaube aber, es liegt vor allem an mangelnder Gewohnheit, denn es gibt kaum etwas, das ich nicht kann. Tatsächlich besitze ich nahezu alle lebenswichtigen Fähigkeiten. Ich kann kochen. Ich kann Löcher bohren. Ich kann Bierflaschen mit meinen Zähnen, meinen Nasenflügeln oder bei Bedarf auch kraft meiner Gedanken öffnen. Ich kann Polit-Talkshows gucken, ohne den Fernseher aus dem Fenster zu werfen. Manchmal kann ich mich sogar mit unserem Nachbarn von unten unterhalten, ohne den Nachbarn aus dem Fenster zu werfen. Letzteres liegt allerdings zum Großteil an mangelnder Möglichkeit, denn unser Treppenhaus hat keine Fenster.

Bisher gab es nur eine Sache, die ich nicht konnte: singen. Die Welt hat es versucht, man kann ihr nichts vorwerfen. Sie hat Duschen erfunden und Ohropax. Und aus verwesendem Ohrenschmalz hat sie die Popindustrie gebaut, damit ich in der dunklen

Ecke der Unmusikalischen nicht so einsam bin. Ja, sie war gut zu mir, die Welt. Doch mir war nicht zu helfen. Wann immer ich unter der Dusche anhob zu singen, verendeten Duschköpfe gurgelnd an ihrem eigenen Wasser. Badfliesen sprangen, zuerst aus der Wand und dann aus dem Fenster, und Ohropax flutschten in Gehörgänge weinender Menschen und schmiegten sich zitternd an berstende Trommelfelle.

Es ist daher nicht mit empirischen Mitteln erklärbar, dass ich mit dreizehn im Schulchor landete. Noch unerklärlicher ist jedoch, dass ausgerechnet ich, deren krächzende Stimme abwechselnd wie eine Kettenraucherin und eine Kettensäge, wie eine Horde brünftiger Braunbären und wie ein stotternder Stimmbrüchiger klang, dass ich also, die dunkle Seite der Nachtigall, zwischen all den glockenhellen Stimmen hellgelockter Julias von unserem Chorleiter Herrn Riemann zu seiner absoluten Lieblingsschülerin erkoren wurde. Ich wusste nicht, wieso, keine der Julias wusste, wieso, ich nehme an, dass selbst Herr Riemann nicht wusste, wieso. Und so nahe nun der Gedanke an Pallasch und das dubiose Verhältnis alter Männer zu jungen Mädchen liegen mag: Nein, ich glaube nicht, dass Herr Riemann pädophile Neigungen sein Eigen nannte. Andererseits: Woher soll ich es wissen? Der Gute hätte pädophil sein können wie eine unappetitliche Variante von Peter Pan, aber er hätte wohl nicht mich als Objekt seiner Begierde gewählt. Ich war zwar dreizehn, doch man sah mir meine Jugend nicht an.

Herr Riemann äußerte sein Wohlgefallen häufig und mit dem immergleichen Lob: »Kind, du machst wenigstens den Mund ordentlich auf und zu. Guck dir mal die verkrampften Kiefer neben dir an!«

Während er mir dies ins Ohr brüllte, pflegte er besagte Kiefer zu meiner Rechten und Linken mit je einer Hand zu packen und kräftig durchzuschütteln. Ich guckte also brav die geschüttelten Kiefer an und bohrte mir mit dem Zeigefinger sein Gebrüll aus dem Ohr. Er brüllte nicht etwa, weil das nötig gewesen wäre, um unser fiepsiges Stimmengewirr zu übertönen. Er brüllte, weil er schwerhörig war. Das war zwar nicht seiner Funktion als Chorleiter, sicherlich aber seinem Seelenfrieden dienlich, denn unser Chor war, wie es unser Direktor vorsichtig ausdrückte, stark von der Individualität seiner Mitglieder geprägt. Das hieß so viel wie: Alle sangen schief, aber jeder sang anders schief. Nur ich wähne mich an diesem Drama unschuldig, denn ich sang einfach gar nicht. Bei der ersten Probe vernahm ich die Geräusche, die meine Kehle machte, und tat das einzig Richtige: Ich schwieg. Ich machte also einfach stumm den Mund auf und zu. Das allerdings machte ich sehr gut. Und das überschwängliche Lob, das ich dafür kassierte, war mir eine Lehre für mein weiteres Leben: Es kommt nicht darauf an, was man von sich gibt, sondern wie sehr man dabei einem Goldfisch gleicht.

So zog ich damals aus meinem Unvermögen also wenigstens eine Weisheit fürs Leben. Aber das mit dem Kinderkriegen ist anders. Da hilft auch kein Mund-auf-und-zu-Machen. Da hilft noch nicht einmal Eis, weil spätestens nach neun Monaten auch dem Letzten klar wird, dass der angefutterte Bauch ein Bauch ist und kein Kind. Ulfs fiebrige Tatkraft und sein unerschütterlicher Glaube, das Internet berge die Antwort auf alle Fragen, sind zwar unterhaltsam, helfen mir aber nicht wirklich weiter. Hinzu kommt, dass ich das Gefühl habe, er nehme die Problematik nicht ganz ernst. Immer wenn ich verzweifle, sagt er: »Wir könnten auch ein Kind adoptieren. Dann können wir uns wenigstens eins aussuchen. Sonst weiß man ja nicht, was man kriegt.«

Ich fühle mich allein. Zugleich habe ich aber überhaupt keine Lust, jemandem von unserem Problem zu erzählen. Sonst muss ich mich zusätzlich zu meiner Schwangerschaftslosigkeit auch noch mit den mitleidigen Blicken anderer Menschen herumschlagen. Mitleid ist die überflüssigste Gefühlsregung der Menschheitsgeschichte. Niemand wird gerne bemitleidet. Wenn Mitleid irgendwem nützt, dann dem Bemitleidenden, weil es ihm die Möglichkeit gibt, sich großherzig und gut zu fühlen.

Der einzige Mensch außer Ulf, mit dem ich mich aussprechen kann, ohne geheime Informationen in meinem Freundeskreis zu streuen, ist also Udo Lindenberg. Meine Frauenarztbesuche gleichen deshalb mehr und mehr psychologischen Sitzungen. Sie dauern mindestens zwanzig Minuten und beinhalten meist eine zweiminütige Standarduntersuchung und ein achtzehnminütiges Gespräch über mein momentanes Befinden. Oder über Ulfs Befinden. Oder über Annas Befinden. Was mir eben gerade einfällt. Dabei werde ich den Verdacht nicht los, dass mein Talent als Patientin Udo Lindenbergs Talent als Psychologe weit übersteigt. Obwohl ich mir größte Mühe gebe, ihm eine psychologenwürdige Reaktion zu entlocken.

»Ich finde, Eltern sollten ihre Kinder schlagen«, sage ich zum Beispiel.

Udo guckt mich ernst an.

»Ja, darüber habe ich auch schon nachgedacht«, sagt er dann. Ich finde durchaus nett, dass er das sagt. Natürlich hat er nicht wirklich darüber nachgedacht. Er hat mir noch nicht einmal zugehört. Udo hört nicht gerne zu. Aber nett ist es trotzdem.

Zu Anfang habe ich noch schüchtern über Zyklen und Eisprünge und psychische Belastung gesprochen, aber seit ich gemerkt habe, wie abwesend mein Gesprächspartner während meiner Ausführungen ist, sage ich einfach, was immer mir gerade in den Sinn kommt. Das ist sehr befreiend. Udo scheint unsere Sitzungen derweil als Pause von seinen täglichen Pflichten zu begreifen. So haben wir beide etwas davon.

»Jedes Kind hat das Recht auf ein Trauma«, fahre ich fort. »Die ganze Stadt ist ein blühender Garten aus Neurosen und Psychosen und Panikattacken und abwesenden Vätern. Ich kenne eine Frau, die so lange völlig normal ist, bis jemand das Wort ›Linsensuppe‹ sagt. Sie ist der Renner auf jeder Party. Wenn es zu langweilig wird, brüllt einfach jemand ›Linsensuppe‹ durch den Raum, und Gabi verschwindet zitternd unterm Wohnzimmertisch. So was braucht man doch! Was ist unser Charakter schon anderes als die Summe unserer psychischen Störungen? Ich glaube manchmal, ich bin der letzte Mensch ohne psychische Macken.«

»Ja, darüber habe ich auch schon nachgedacht«, sagt Udo. Ich mag ihn. Einmal habe ich ihn gefragt, ob er sich nicht lieber einen anderen Beruf suchen will. Er sagte, darüber habe er auch schon nachgedacht.

Alles in allem sind diese Sitzungen also eine entspannende Abwechslung vom Alltag der Kindermacherei, erfüllen aber auch nicht viel mehr als die Funktion eines inneren Monologs in einem griechischen Drama: Sie fassen in Worte, was in mir vorgeht, ändern aber nichts daran. Und allein fühle ich mich trotzdem. Ja, ich friste ein trauriges und einsames Dasein. Es wäre das traurigste und einsamste Dasein Berlins, würde mich nicht ein Mensch selbst in dieser Disziplin schlagen: Anna.

Tag und Nacht sitzt sie an Pallaschs Krankenbett, liest ihm aus Zeitungen und Büchern vor, hält seine Hand und setzt den proppigen kleinen Rüdiger auf seine Bettkante. Pallasch scheint sich von dieser Hingabe nicht sonderlich beeindrucken zu lassen. Jedenfalls ist er bisher noch nicht aufgewacht. Seit neun Monaten liegt er im Krankenhaus und schwebt irgendwo zwischen schwerem Schlaf und leichtem Jenseits. Nur einmal, als Anna ihm *Der alte Mann und das Meer* vorlas, hüpfte sie plötzlich aufgeregt durchs Krankenhaus, weil sie sicher war, dass sein Finger gezuckt hatte.

Diese paar Minuten, in denen sie glaubte, Pallasch würde aufwachen, waren auch für sie die einzigen wirklich wachen Minuten der letzten neun Monate. Als der Chefarzt ihr mitteilte, sie müsse sich wohl geirrt haben, fiel sie in ihren eigenen Wachschlaf zurück. In ihr Co-Koma.

Wenn Anna dürfte, wäre sie wahrscheinlich längst in Pallaschs Krankenzimmer eingezogen. Sie steht nur von seinem Bett auf, um aufs Klo zu gehen oder den inzwischen umherkrabbelnden Rüdiger einzufangen. Den dreibeinigen Hund hat sie bei uns einquartiert, weil er nicht mit ins Krankenhaus darf und sie zu selten zuhause ist, um sich um ihn zu kümmern.

Auch um Rüdiger kümmert sie sich nicht ganz so, wie es das Jugendamt wohl gerne gesehen hätte. Sie knuddelt ihn, sie spielt mit ihm, und wenn ihr ab und zu jemand eine Windel zusteckt, wickelt sie ihn sogar. Aber sie geht nie mit ihm vor die Tür. Den blauen Himmel kennt er nur vom kurzen Weg zwischen Wohnung und Krankenhaus. Anna klebt so sehr an Pallaschs Bettkante, dass sie Rüdiger sogar einmal mit Krankenhausessen gefüttert hat, als ihr der Babybrei ausgegangen war. Ganz abgesehen davon wäre der Name »Rüdiger« an sich schon ein Grund, das Jugendamt anzurufen. Manchmal frage ich mich, ob Pallasch nicht wirklich zwischendurch mal unbemerkt aufgewacht ist, den Namen seines Sohnes gehört und sich dann entschlossen hat, noch ein bisschen weiterzuschlafen.

Vielleicht ist er auch während eines ihrer Rituale aufgewacht. Anna ist nämlich einer Sekte beigetreten. So verloren ist sie, dass sie ihre Hoffnung nun schon aus dem nie versiegenden Bottich der Scharlatane und Quacksalber schöpft. Eines Tages sind einfach ein paar Sektenmitglieder ins Krankenhaus gekommen, haben nach verzweifelten Angehörigen Ausschau gehalten und bei erster Gelegenheit ihre Klauen aus falschen Versprechen und trügerischer Zuversicht in Annas Schultern geschlagen. Ich hätte nie gedacht, dass Anna anfällig für derartige Dummschwätzer ist. Hinzu kommt, dass sie sich die Sekte mit dem bei Weitem beklopptesten Namen ausgesucht hat. Die »Anbeter des Olifanten« nennen sie sich, kurz »AdOlf«. Vielleicht soll das ein ironisches Statement zum Nationalsozialismus sein, ich weiß es nicht.

Jeden Morgen und jeden Abend vollführt Anna an Pallaschs Bett und unter den staunenden Blicken des kleinen Rüdiger eine Reihe zugleich alberner und erschreckend eindrucksvoller Rituale, die den Herrn Pädophilen wieder ins Leben zurückholen sollen. Dabei spielen in der Regel ein Burgfräuleinkostüm und ein gekrümmtes Elfenbeinhorn eine Rolle, das man offenbar »Olifant« nennt und das zumindest in Ansätzen den abstrusen Namen der Sekte erklärt.

AdOlfs Geschichte

Am Anfang waren da Leon und Ivy. Sie waren ein Paar, seit die Welt denken konnte. Leon hatte sich Ivy auf ewig versprochen, schon in jungen Jahren und in ziemlich beschwipstem Zustand. Und Leon hielt seine Versprechen. Beziehungsweise seine Versprecher. Er musste sich verhaspelt haben, als die Sangria ihm die Zunge und die Gedanken hatte schwer werden lassen. Oder Ivy hatte ihn falsch verstanden, so genau war das nach all den Jahren nicht mehr zu rekonstruieren. Jedenfalls war Leon sich ziemlich sicher, dass er nur mit schelmischem Grinsen seinen jugendlichen Standard-Anmachspruch »Hey Baby, ich bin allein und stubenrein« hatte sagen wollen, den er aus ihm selbst nicht ganz erfindlichen Gründen lustig fand. Doch irgendwo im ewigen Äther zwischen seinem Mund und Ivys Ohr mussten die Worte eine Wandlung durchlaufen haben und kamen als »Mylady, ich bin dein, und du bist mein« bei Ivy an.

Danach ging alles sehr schnell. Ivy strahlte und fiel ihm um den Hals, Leon schluckte schwer und tätschelte ihr behutsam den Rücken, und schon hatte die Welt ein neues Paar. Leon nahm es als Wink des Schicksals. Vielleicht gehörten sie ja wirklich zusammen. Die Idee, sein Versprechen zu brechen, kam ihm nicht, denn als er sieben war, hatte sein Vater zu ihm gesagt: »Sohn, ein Ritter bricht seine Versprechen nicht, sonst fällt er auf der Stelle tot um!« Was ein Vater eben so zu seinem Sohn sagt, wenn er ihn das erste Mal zum Angeln mitschleppt, mit ihm am See sitzt und gerade keine Fielmann-Brille dabei hat, für die er Werbung machen kann. Doch Leons Vater beschränkte die Erziehung seines Sohnes zum tüchtigen Ritter nicht auf weise Sprüche. Er brachte ihm Reiten und Kämpfen bei und schenkte ihm zu jedem Geburtstag einen Teil einer Ritterrüstung. In einem Jahr einen Helm, im nächsten ein Schwert, dann einen Schild, einen neuen Helm, weil Leons Kopf inzwischen aus dem ersten herausgewachsen war, ein Kettenhemd usw.

Natürlich verging der ein oder andere Geburtstag, an dem Leon lieber ein Fahrrad, einen Computer oder eine Freundin geschenkt bekommen hätte, aber er bedankte sich jedes Mal brav und legte das neue Rüstungsteil um seinen Körper, was seinem Vater jedes Jahr aufs Neue die Freudentränen in die Augen trieb.

Als Leons Vater Jahre später auf dem Sterbebett lag, vermachte er seinem Sohn nur noch eines: ein gekrümmtes Elfenbeinhorn, das im Mittelalter allein Ehrenmänner hatten tragen dürfen und das Leon nun aber wirklich und endgültig zum Ritter machen würde. Um seinem Vater die letzte Ehre zu erweisen, stand Leon in voller Ritterrüstung neben seinem Bett, nahm das krumme Horn entgegen und blies vorsichtig hinein. Das leise quakende Tröten, das am anderen Ende des Horns herausblubberte, war das letzte Geräusch, das Leons Vater je hören sollte. Er starb mit einem stolzen Lächeln im Gesicht.

Leon blieb noch eine Weile neben dem Bett seines Vaters stehen, pustete in seinen Olifanten und fand die

Szene sehr feierlich. Dann ging er nach Hause und erklärte seiner Ivy, dass er nun ein vollständiger Ritter sei. Ob sie wohl sein Burgfräulein werden wolle. Sie wollte natürlich. Strahlend fiel sie ihm um den Hals und bestellte sich im Internet sogleich das passende Outfit. Und weil es sich für ein Burgfräulein nicht ziemte, Anglizismen wie »Outfit« in den Mund zu nehmen, ergoogelte sich Ivy auch den entsprechenden deutschen Begriff. Kleidung. So, so. Ja, das hatte sie schon mal irgendwo gehört.

Leon stand währenddessen mit gerunzelter Stirn neben ihr und trommelte genervt auf seinem Blechanzug herum. Internet hatte es im Mittelalter nicht gegeben, und was es im Mittelalter nicht gegeben hatte, wollte er fortan auch aus seinem Leben verbannen. Der Computer musste also weg. Ivy schaffte es noch gerade, ihre Bestellung aufzugeben und den nächsten Mittelaltermarkt ausfindig zu machen, dann hob Leon den Computer hoch, was sehr eindrucksvoll aussah, weil er ja noch immer seine Rüstung trug, und warf ihn aus dem Fenster.

Über die Information mit dem Mittelaltermarkt war er im Nachhinein natürlich trotzdem froh, und so machten sich Leon und Ivy, sobald ihr Outfit, das sie nicht mehr Outfit nennen durfte, angekommen war, auf den Weg zu ihrem Spektakel.

Es war perfekt. In niedlichen, schmutzigen Gassen tummelten sich Mägde, Hofnarren und Marktstände, auf dem Dorfplatz tobte ein wilder Schwertkampf, und über allem schwebte die Sehnsucht nach verlorenen Zeiten. Einmal frönte sogar jemand dem alten Brauch, das Schmutzwasser einfach aus dem Fenster zu schütten, und traf Ivy mitten ins Gesicht. Leon war begeistert. Außerdem war hier ein Burgfräulein schöner als das andere. Während Ivy außer Sicht war, um sich den Schmodder aus dem Gesicht zu waschen und zwei Humpen Met aus einer Schankstube zu holen, probierte Leon sogar seinen »Stubenrein«-Spruch aus, der sogleich von vollem Erfolg gekrönt war. Doch als das betreffende Fräulein ihm eine Handynummer geben wollte, wandte er sich empört ab und ging zu seiner Ivy zurück. Die hatte wenigstens begriffen, dass Handys zu jenen überflüssigen Erfindungen der Neuzeit gehörten, die es zu verachten galt. Noch bevor sie zum Mittelaltermarkt aufgebrochen waren, hatten sie ihre beiden Telefone mit feierlicher Miene in Schnaps ertränkt.

Die beiden setzten sich an einen der rustikalen Holztische und schlürften schweigend ihren Honigwein, bis sich ein merkwürdig gewandeter Fremder zu ihnen setzte. Da dieser Ort nur von merkwürdig gewandeten Fremden bevölkert zu sein schien, achteten sie zunächst nicht weiter auf ihn. Doch der Fremde ließ sich nicht so einfach ignorieren. Eine Weile saß er nur da, starrte auf die Tischplatte vor sich und bewegte stumm die Lippen, als müsse er sich selbst Mut zusprechen. Doch dann atmete er einmal tief durch, stand abrupt auf, stieg auf den Tisch, ließ sein Gewand von den Schultern gleiten, so dass er in seiner ganzen männlichen Pracht vor ihnen stand, und rief: »Ich bin der Heiland, und der Heiland bin ich!«

Das war kein besonders guter Anmachspruch, dachte Leon. Wer sollte denn auf so was reinfallen? Doch der nackte Mann erregte mehr Aufmerksamkeit, als Leon ihm zugetraut hätte. Viele Köpfe wandten sich um, und das handyvernarrte Burgfräulein, das sich eben noch von Leon hatte umwerben lassen, schmachtete nun den selbst ernannten Heiland an. Was aber vielleicht eher an dessen beeindruckender Nacktheit als an seinen Worten lag. Als er zu Ende gesprochen hatte, herrschte ein Moment gespannten Schweigens. Nicht Wenige zückten ihre zuvor unter mittelalterlichen Kutten verborgenen Smartphones und filmten den gliedschwenkenden Messias. Sogar Ivy schien es in seinen Bann gezogen zu haben. Nur Leon schüttelte missbilligend den Kopf.

Der Einzige, den das Ausmaß des ihm geschenkten Interesses noch mehr wunderte als Leon, war der Heiland selbst, der im wahren Leben natürlich nicht Heiland hieß, sondern Frank. Er räusperte sich verlegen und blickte in die zahlreichen Smartphonelinsen. Dann räusperte er sich noch mal. Und noch mal. Doch ihm schienen die Worte ausgegangen zu sein. Frank war kein Mann der Spontanität. Leider war er auch kein Mann gut durchdachter Pläne. Er hatte sich die Situation immer nur bis zum Fallenlassen all seiner Hüllen vorgestellt, und bis zu dem Punkt hatte sie ihm stets sehr gut gefallen. Der Heiland-Spruch war dann wie von selbst aus seinem Mund gepurzelt. Aber jetzt fiel ihm einfach nichts mehr ein. Er räusperte sich ein letztes Mal, dann hob er sein Gewand ungelenk von der Tischplatte auf, warf es sich über die Schultern und schickte sich an, wieder zu Boden zu klettern, wobei er jedoch im Saum seines Umhangs hängen blieb, ins Straucheln geriet und schließlich auf die ihn mit großen Augen anstarrende Ivy stürzte, die ihrerseits hintenüber auf den harten Boden knallte. Es schepperte, ein Stuhl ging zu Bruch, Leon sprang erschrocken auf, sein Olifant flog in hohem Bogen durch die Luft und traf dann

Ivy an der Stirn, woraufhin diese es für nötig befand, ohnmächtig zu werden. Der Heiland Frank rappelte sich auf und starrte auf die bewusstlose Ivy hinab, und weil er nicht wusste, was er sonst tun sollte, griff er sich den Olifanten und trötete ihr damit ins Ohr. Das war nicht unbedingt die sensibelste Art, Ivy aufzuwecken, aber es funktionierte. Schon nach wenigen Sekunden schlug sie die Augen auf, blinzelte ins Antlitz des Heilands und war sofort verliebt. Eine volle Minute starrten Frank und Ivy einander an, bis Leon genug von dem Theater hatte und sich vernehmlich räusperte. Aus Ivys verliebtem Blick wurde eine steinerne Maske, als sie sich Leon zuwandte und zischte, sie habe ihn eben mit dem Burgfräulein gesehen, und er solle sich mal nicht so anstellen. Ab jetzt sei der Heiland ihr Freund, der habe sie nämlich gerettet und sehe nackt sowieso viel besser aus als Leon.

Mit diesen Worten nahm sie Franks Hand und stolzierte mit ihm davon. Frank war mit der Gesamtsituation so überfordert, dass er sich einfach mitschleifen ließ. Doch obwohl er nicht so recht wusste, wie ihm geschah, verstand er eines: Er hatte nun also eine Freundin. Eine Frau, der er sich jederzeit nackt zeigen konnte. Damit konnte er leben.

Leon hingegen setzte sich wieder an den Tisch, trank in Ruhe seinen Met aus und wunderte sich. Das war jetzt aber einfach, dachte er. Plötzlich war Ivy aus seinem Leben verschwunden und er damit quasi ohne eigenes Zutun von seinem beschwipsten Versprechen erlöst worden. Hätte er das gewusst, wäre er schon viel früher mit ihr auf einen Mittelaltermarkt gegangen. Trotzdem stand er natürlich ein bisschen doof da mit seinem Horn und ohne Ivy und ohne Internet, das ihm hätte sagen können, wie er wieder nach Hause kam. Er musste ein gutes Stück außerhalb der Stadt sein, aber wo genau, wusste er nicht. Für die Navigation war in der Regel Ivy zuständig gewesen. Er beschloss, auch bei seiner Heimreise auf alle technischen Errungenschaften der Neuzeit zu verzichten, und machte sich zu Fuß auf den Weg. Da er keine Karte bei sich, dafür aber eine schwere Ritterrüstung trug, dauerte sein Fußmarsch bis zum nächsten Morgen.

Doch während Leon durch die Nacht wanderte, geschah noch etwas anderes. Einer der smartphonefilmenden Menschen hatte das Video der aus der Ohnmacht erwachenden Ivy unter dem Titel »Frau wird aus Koma geholt! Dieses Video könnte Ihr Leben verändern!« im Internet hochgeladen. Leon konnte es sich natürlich nicht angucken, da er ja nicht nur einsam durch die Prärie stapfte, sondern auch keinen Computer mehr besaß. Aber etwa 2,7 Millionen andere Menschen konnten. Und guckten. Das Video zeigte nur den Ausschnitt, in dem Ivy vom Olifanten wachgetrötet wurde. So aus dem Zusammenhang gerissen, erweckte das Ganze tatsächlich den Eindruck, sie sei eine langjährige Komapatientin, die erst durch den Klang des Horns wieder ins Leben zurückgeholt wurde. So zumindest sah es eine stetig wachsende Gruppe von Menschen, die über die Kommentarfunktion unter dem Video zueinander fand und sich schließlich den Namen »Anbeter des Olifanten« gab. Leon bekam davon nicht das Geringste mit und erfreute sich weiterhin eines ganz und gar analogen, wenngleich ein wenig einsamen Lebens ohne Ivy, ohne Computer und ohne Versprechen.

»Die fängt sich schon wieder«, sagt Ulf immer, wenn wir Anna im Krankenhaus besuchen gehen. Aber ich glaube, er traut seinen eigenen Worten nicht. Anna fängt sich nicht. Nicht, solange Pallasch in diesem Krankenbett liegt. Er müsste aufwachen oder sterben, damit Anna überhaupt anfangen kann, sich wieder zu fangen. Stattdessen liegt er einfach nur da und ist vorhanden, ohne anwesend zu sein, und Anna sitzt daneben, hält seine Hand und denkt gar nicht daran, sich zu fangen. Und Ulf und ich stehen im Türrahmen, sehen ihr dabei zu, wie sie in ein Elfenbeinhorn pustet, und wissen nicht, was wir zu ihr sagen sollen, um sie da rauszuholen.

Plötzlich kramt Ulf in seiner Tasche, nimmt sein Telefon, drückt ein bisschen darauf herum und hält es sich dann ans Ohr.

»Was machst du?«, frage ich.

»Ich rufe deinen Bruder an.«

Ich staune ein bisschen über Ulfs Genialität. Wer nicht weiß, was er sagen soll, sollte immer meinen Bruder anrufen. Wenn irgendjemand auf der Welt die richtigen Worte findet, um Anna aus ihrer Lethargie zu reißen, ist es mein Bruder.

Er kommt auch tatsächlich schon am nächsten Tag nach Berlin, was ich ihm sehr hoch anrechne. Doch als wir mit ihm ins Krankenhaus gehen und auf die stumm dasitzende Anna zeigen, findet er überhaupt keine Worte. Er sucht auch nicht danach. Er sagt einfach gar nichts. Stattdessen marschiert er in das Zimmer, schnappt sich Anna, legt sie sich über die Schulter und marschiert wieder hinaus.

Ulf hebt Rüdiger vom Boden auf, und wir folgen dem Berg aus marschierendem Bruder und wild strampelnder Anna, lächeln unterwegs beschwichtigend den entsetzt schauenden Krankenschwestern zu und hoffen, dass mein Bruder weiß, was er da tut. Die Schwestern scheinen zu beratschlagen, ob sie die Polizei rufen sollen. Nur die Krankenschwester am Empfang verfolgt das Geschehen unbeeindruckt und mit gewohnt stählernem Lächeln. Mein Bruder trägt Anna, die inzwischen aufgegeben hat zu strampeln und nur noch lasch über seine Schulter baumelt, durch die Nachmittagssonne bis nach Hause, die Treppen hoch, durch die Tür, die ich schnell vor seiner Nase aufschließe, und geradewegs ins Bad, wo er sie mit erstaunlicher Rücksicht in der Wanne ablegt und dann mit erstaunlicher Rücksichtslosigkeit das kalte Wasser aufdreht.

»Wasch dich«, sagt er und macht sich auf den Weg aus dem Badezimmer. »Wir gehen auf eine Party.«

Was immer mein Bruder sagt, hat die bizarre Neigung, wahr zu werden. Und so sind wir also ein paar Stunden später auf einer Party. Offensichtlich hat mein Bruder schon auf dem Weg nach Berlin unseren Abend verplant, indem er einen alten Schulfreund anrief, dessen kleine Schwester mit der Kusine eines Schlagzeugers befreundet ist, dessen Bandkollege eine Affäre mit einer Spanierin hat, die aus ihrem Unikurs eine Gender-Studies-Doktorantin kennt, in deren WG heute Abend eine Party stattfinden soll. Ulf hat sich freiwillig gemeldet, um auf Rüdiger aufzupassen, und Anna, mein Bruder und ich sind ausgezogen in die obskure Welt studentischer Wohngemeinschaftsfestlichkeiten.

Es ist eine Erasmus-Party. In dunklen Ecken stapeln sich spanische, italienische und französische Austauschstudenten, ihre Gliedmaßen umeinandergeschlungen und ihre Zungen ineinanders Rachen versenkt. Das muss dieser kulturelle Austausch sein, von dem immer alle reden, denke ich. Internationale Körperflüssigkeiten wechseln den Besitzer, um nur Sekunden später in anderer Sprache wieder in den Raum gespuckt zu werden. Finnische Hände halten spanische Haare, während sich die Überreste von russischem Gulasch und deutschem Bier auf den Perserteppich ergießen.

Gerade kommt mir der Gedanke, dass ich vielleicht schon jetzt zu alt für solche Partys bin, da hüpft mein siebzehn Jahre älterer Bruder mit Sombrerohut und Rum-Cola durch mein Blickfeld, prostet mir zu und versucht dann, die trübselige Anna zum Tanzen zu verleiten. Ich gehe zum Kühlschrank und hole mir ein Bier. Der langhaarige, frisch gulaschentleerte Spanier spült sich am Waschbecken den Mund aus, öffnet dann hilfsbereit meine Bierflasche und reicht sie mir. Jetzt kleben halb verdaute Gulaschreste am Flaschenhals. Mir vergeht die Lust auf Bier, zumindest auf das in dieser Flasche. Um nicht trinken zu müssen, frage ich den Spanier, was er so macht.

»I study arts, media and design«, sagt er stolz. »I have a scholarship«, sagt er stolz. »And a lot of different projects«, sagt er stolz.

Der wird sich aber wohlfühlen zwischen all den Irgendwas-mit-Medien- und Irgendwas-mit-Menschen- und Irgendwas-mit-Medienmenschen-Leuten in Berlin, denke ich.

»Berlin is great«, sagt der Spanier, als habe er Angst, seinem Klischee noch nicht ganz gerecht zu werden.

Ich nicke. »Yeah, there are a lot of ways to not earn any money in Berlin«, sage ich. Der Spanier grinst. Dann runzelt er die Stirn.

»I think I'm too stupid for you«, sagt er. Dann kommt der nächste Schub Gulasch. Genau, denke ich, dumm bist du, dumm wie eine Stehlampe und ganz bestimmt zu dumm für mich, denn du bist ein Erasmus-Student, und ich hasse Erasmus-Studenten. Dass dieser Hass irrational und völlig ungerechtfertigt ist, weiß auch ich, aber der Mensch braucht nun mal ein Feindbild. Außerdem sind viele Leute zu dumm für mich, denn ich war schon immer ein ungewöhnlich kluges Kind. Keine Herausforderung war mir gewachsen, kein Sturm mir zu stark und kein Berg mir zu hoch, was vielleicht aber nur daran lag, dass ich am deutsch-holländisch-belgischen Dreiländereck aufgewachsen bin. Da gibt es gar keine Berge. Da nennt man alles ab der Größe eines Kaninchenköttels »Berg«. Da ist jedes Häufchen Staub eine Lawine, und als »Sturm« bezeichnet man schon ein laues Lüftchen, das sich fröhlich von einem Land ins nächste wehen lässt, vier Sprachen spricht und auf die Frage, was es mal werden will, antwortet: »Ach, you know, irgendwas mit Medien und Menschen und Medienmenschen und dabei irgendwie die Welt retten.« Das ist natürlich entweder naiv oder eine dreiste Lüge, denn wer zu lange mit Medienmenschen zu tun hat, will die Welt nicht mehr retten, und alles, was er noch mit Medien machen will, ist, alte Röhrenfernseher sammeln, um sie besagten Menschen über den Kopf zu stülpen. Aber darum geht es nicht. Es geht darum, wie klug ich bin, denn darum geht es viel zu selten. Ich finde, die Leute sollten häufiger darüber sprechen, wie klug ich bin. Zum Beispiel habe ich an einer Hochschule studiert, für die man mindestens einen IQ von hundertdreißig haben muss, sonst wird man nicht zugelassen. Zumindest erzähle ich das seitdem allen, und siehe da, die Menschen sind dumm genug, mir zu glauben. Aus dieser Zeit kommt auch mein Hass auf Erasmus-Studenten, denn als Studentin habe ich fünf Jahre lang mit zweiundzwanzig Erasmus-Studenten in einem Haus gewohnt. Und wir hatten nur einen Kühlschrank. Der einzige kulturelle Austausch in diesem Haus bestand darin, dass sich alle gegenseitig die Joghurts wegaßen. Körperflüssigkeiten wurden zwar auch bächeweise ausgetauscht, aber irgendwie schlüpften immer nur die Chinesen zu den Chinesen, die Dänen zu den Dänen und die Franzosen zu den Franzosen ins Bett. Ich habe nie verstanden, wieso ein Chinese um die halbe Welt fliegt, um eine Chinesin abzuschleppen, aber ich spreche ja auch kein Chinesisch. Vielleicht liegt es daran.

Plötzlich setzt sich die Gastgeberin neben mich. Sie ist Anfang zwanzig und sieht aus, als gebe sie sich große Mühe, so auszusehen, als habe sie schon viel erlebt. Auf ihrem T-Shirt steht: »Sex tötet – Heteros sind Mörder«.

Ich starre eine volle Minute auf den Spruch, ohne ihn zu verstehen.

»Ich glaube an Reinkarnation«, sagt sie, als sie meinen Blick bemerkt. Offensichtlich findet sie, dass das alles erklärt.

»Aha«, sage ich und nippe an meinem Bier. Es schmeckt nach Gulasch.

»Verstehste?«, fragt sie.

»Nicht wirklich.«

Sie verdreht die Augen. Als sie weiterspricht, dehnt sie jedes Wort bis in die Unendlichkeit. Das muss ihr Tonfall für Begriffsstutzige sein.

»Na, es besteht ein direkter Zusammenhang zwischen der Zeugung eines Menschen und dem Tod eines anderen Menschen. Ein Mensch wird also nicht einfach nach seinem Tod wiedergeboren.«

»Nicht?«

»Nein.«

»Sondern?«

»Sondern er stirbt überhaupt nur, weil er irgendwo neu gezeugt wurde. Jedes Mal, wenn eine Frau geschwängert wird, muss also irgendwo auf der Welt ein Mensch sein Leben lassen, damit seine Seele wiedergeboren werden kann.«

»Krass«, sage ich.

»Ja, nicht wahr? Der Umkehrschluss ist natürlich, dass wir alle unsterblich würden, wenn wir bloß die Finger vom Sex lassen könnten.« Ihr Gesicht glüht vor Begeisterung. Ich finde ihre Theorie großartig, werde aber den Verdacht nicht los, dass niemand ohne Sex unsterblich sein will, jedenfalls niemand außer ihr. Dass das hier eine Anti-Sex-Party sein soll, habe ich vorher nicht gewusst. Den übrigen Gästen scheint es ähnlich zu gehen. Vor allem die Männer sehen aus, als müssten sie nun gegen das protestieren, was sie sich eigentlich mit der Gastgeberin erhofft hatten. Doch ich scheine die größten Chancen zu haben, von ihr abgeschleppt zu werden, da beim Sex zwischen zwei Frauen ja in der Regel keine von beiden geschwängert wird. Ich will aber nicht. Die Männer hingegen blicken ausnahmslos auf den Spruch auf dem T-Shirt der Gastgeberin, wobei ich nicht weiß, ob sie ihn aus Fassungslosigkeit immer wieder lesen oder ihn einfach nur als Alibi gebrauchen, um auf ihre Brüste starren zu können.

Nur einmal wagt es einer der Männer, mit der Gastgeberin zu reden. Wild fuchtelt er mit einem Kondom vor ihren Augen herum und doziert darüber, wie zuverlässig diese kleinen Gummiüberzüge gegen ungewollte Schwangerschaften und somit gegen ungewollte Morde schützen. Die Gastgeberin sitzt gelangweilt da und starrt mit leerem Blick auf mein T-Shirt, obwohl da überhaupt kein Spruch draufsteht.

Ich stehe auf, um ihrem Blick zu entfliehen und um Anna und meinen Bruder zu suchen. Vorsichtig drängele ich mich durch die Massen tanzender und wankender Europäer, die, sofern sie sich nicht gerade übergeben, alle aussehen, als habe man sie von H&M-Plakaten abgemalt, mit einem 3D-Drucker ausgedruckt und dann in diese WG gepflanzt. Wie schön doch jeder aussehen kann, wenn er sich von seiner besten Seite zeigt, denkt mein innerer Dichter. Meist ist das die Vorderseite, wie bei einem Relief, das man auch nur von vorne betrachten sollte. Es gibt aber auch Skulptur-Menschen, die von vorne, hinten, oben und unten schön sind. Vielleicht verstecken die ihre hässlichen Seiten im Inneren.

Schließlich finde ich die beiden im Wohnzimmer auf dem Sofa. Mein Bruder unterhält eine ganze Horde griemelnder Französinnen und bringt sogar Anna zum Lachen, die neben ihm sitzt und zum ersten Mal seit Monaten wieder aussieht wie ein Mensch, der seine Umgebung wahrnimmt. Offenbar hat sie meinem Bruder die ungraziöse Art und Weise verziehen, mit der er sie von Pallaschs Krankenbett entführt hat. Die meiste Zeit guckt sie auf ihre Hände, die an ihrem dicken Wollschal herumpfriemeln, doch ab und zu wirft sie meinem Bruder einen zögerlich glühenden Blick zu. Und: Er glüht zurück. Das habe ich bei ihm noch nie gesehen. Die ihn anschmachtenden Französinnen würdigt er kaum eines Blickes. Anna hingegen schenkt er umso mehr Blicke und legt ihr beim Erzählen immer wieder wie zufällig die Hand auf die Schulter. Ich lehne mich an den Türrahmen und genieße das Schauspiel ein paar Minuten lang. Als Annas Blick auf mich fällt, sieht sie aus, als fühle sie sich ertappt beim Fröhlichsein. Ich grinse ihr zu und winke zum Abschied, dann nehme ich meine Jacke und gehe nach Hause.

Am nächsten Morgen komme ich in die Küche und finde einen gedeckten Frühstückstisch vor. Daran sitzen ein einigermaßen wacher Ulf und mein recht trübäugiger Bruder mit jeweils einer Tasse Kaffee vor sich. Mein Bruder sieht ziemlich übernächtigt aus.

»Wieso bist du denn schon wach?«, frage ich ihn. Ich gebe Ulf einen Kuss, setze mich und nehme mir ein Brötchen.

»Bäckerkrankheit«, grummelt mein Bruder. »Ich hab verlernt auszuschlafen.«

»Das ist ja schrecklich«, sage ich, kann aber ein Lächeln nicht unterdrücken. »Und Anna? Schläft sie noch?«

»Woher soll ich das ...?« Mein Bruder wirft mir einen Blick zu und sieht, dass ich breit grinse. »Hmpf«, macht er und ertränkt seinen Blick wieder in seinem Kaffee. Eine Weile sitzen wir so da, ich schmiere das Brötchen, und mein Bruder starrt düster ins Leere, während Ulf neuen Kaffee aufsetzt.

»Da war nichts mit Anna«, sagt mein Bruder schließlich.

Schade, denke ich.

»Schade«, sage ich.

Er zuckt mit den Schultern.

»Vielleicht bin ich ihr nicht alt genug.«

Ich grinse. »Genau. Oder zu sympathisch.«

Eigentlich glaube ich, dass Anna meinen Bruder schon ganz gut findet. So sah es zumindest gestern Abend aus. Aber offensichtlich findet sie Pallasch noch ein bisschen besser, warum auch immer. Ich frage mich, ob der gestrige Abend überhaupt irgendetwas geändert hat. Heute am sehr frühen Morgen ist sie vorbeigekommen und hat Rüdiger abgeholt, um ihn mit ins Krankenhaus zu nehmen. Sie kann höchstens drei Stunden geschlafen haben. Ich habe das Gefühl, das ist kein gutes Zeichen.

Nach dem Frühstück gehen wir sie besuchen. Auf dem Weg ins Krankenhaus sprechen wir einander Mut zu. Möglicherweise hat unser gestriger Ausflug ja doch irgendwas bewirkt. Vielleicht hat der Kontakt mit anderen Menschen Anna aus ihrer Trance gerissen, und sie ist zur Vernunft gekommen. Ein kleiner Teil von mir hofft, dass wir sie im Krankenhaus gar nicht antreffen, weil sie stattdessen mit Rüdiger auf den Spielplatz gegangen ist. Doch als wir uns Pallaschs Zimmer nähern, dringt uns schon der Lärm ihres Elfenbeinhorns entgegen. Ich öffne die Tür und sehe Anna im Burgfräuleinkostüm an Pallaschs Bett sitzen.

»War wohl nix«, sagt mein Bruder.

Ich schlage meinen Kopf gegen den Türrahmen.

Als Anna uns ins Zimmer kommen sieht, winkt sie mit einer Hand, hört aber nicht auf, in ihr Horn zu blasen. Ich gehe zu ihr, packe sie an beiden Schultern und schüttele so lange, bis sie endlich den Olifanten von den Lippen absetzt.

»Anna, so geht's nicht weiter«, sage ich.

»Ich weiß«, sagt sie mit der sachlichsten Stimme, die man von jemandem, der derart durchgeschüttelt wird, erwarten kann.

»Wirklich?« Ich bin so erstaunt, dass ich sie loslasse. »Was weißt du?«

»Dass es so nicht weitergeht.«

»Wirklich?«, frage ich noch mal.

»Klar«, sagt Anna. Sie wirkt völlig ruhig und rational. »Jedes Kind sieht doch, dass das hier nichts bringt.« Sie hält den Olifanten hoch. Fassungslos drehe ich mich zu Ulf und meinem Bruder um. Sie sehen beide so erleichtert aus, wie ich mich fühle.

»Gut«, sage ich. »Sehr gut. Und jetzt?«

»Jetzt muss ich mit ihm ans Meer.«

Allmählich frage ich mich, ob ich lachen oder Anna eine reinhauen soll.

»Ans Meer«, sage ich.

»Ja, ans Meer. Da wird er aufwachen.«

Ich schließe die Augen und atme tief durch.

»Hat das deine Sekte gesagt?«, frage ich.

»Es ist keine Sekte«, sagt Anna. »Aber ja, das hat AdOlf gesagt.«

Ich werfe meinem Bruder und Ulf einen hilfesuchenden Blick zu.
»Wieso denn ans Meer?«, wirft Ulf ein.
»Zu einem Leuchtturm«, sagt Anna mehr zu sich selbst als zu uns. »Es muss ein Ort sein, den er mag.«
Ich fange an, meinen Kopf auf den Nachttisch zu schlagen, bis mein Bruder mich auf die Beine zieht und in den Flur bugsiert. Er schließt die Zimmertür, hinter der Anna wieder angefangen hat, in ihr Horn zu pusten. Dann halten wir Kriegsrat. Ulf und ich finden mehr und mehr Gefallen an der Idee, Anna einfach zu knebeln und für ein paar Stunden in einen Besenschrank zu sperren.
»Und was soll das bitte bringen?«, fragt mein Bruder.
»Nichts«, sage ich. »Aber wir hätten für eine Weile unsere Ruhe.«
Mein Bruder runzelt die Stirn. »Wisst ihr«, sagt er, »ich glaube, wir sollten sie den Quatsch einfach machen lassen. Vielleicht bringt es ja was.«
Jetzt muss ich doch lachen. »Du meinst, wenn wir Pallasch ins Meer werfen, wacht er auf?«
»Natürlich nicht«, sagt er ernst. »Aber vielleicht sieht Anna dann endlich, dass sie dieser Sekte nicht trauen kann.«
Mein Bruder hat gesprochen. Also gehen wir wieder ins Krankenzimmer und eröffnen Anna, dass wir sie und Pädo-Pallasch zum Meer bringen werden. Anna nickt, als habe sie nichts anderes von uns erwartet. Und dann schmieden wir einen Plan. Wir vermuten, dass Krankenhäuser es eher ungern sehen, wenn man ihnen ihre Patienten stielt. Irgendwie müssen wir Pallasch also aus dem Krankenhaus entführen, bevor uns jemand aufhält. Mir kommt die Unternehmung recht aussichtslos vor, aber mein Bruder ist erstaunlich zuversichtlich.
»Überlasst das mir«, sagt er nur.
Während der nächsten Viertelstunde weist er uns allen Aufgaben zu, wobei nur fünf Minuten für das tatsächliche Erklären des Plans draufgehen und zehn Minuten dafür, Ulf begreiflich zu machen, warum er nicht der Fahrer sein darf.

»Du hast doch gar keinen Führerschein«, sage ich.

Ulf zuckt mit den Schultern. »Ich wollte aber schon immer mal einen Fluchtwagen fahren«, sagt er schmollend.

Als Ulf endlich einsieht, dass mein Bruder einen viel besseren Fluchtwagenfahrer abgibt, weil er älter und weiser ist und – was Ulf eher nebensächlich findet – sogar Auto fahren kann, fällt uns ein, dass ohnehin keiner von uns ein Auto besitzt. Wir sind die professionellsten Patientenentführer, die die Welt je gesehen hat.

Uns bleibt nichts anderes übrig, als Pallasch zu Fuß aus dem Krankenhaus zu verschleppen und dann mit dem Zug zum Meer zu fahren. Langsam frage ich mich, ob mein Bruder genauso den Verstand verloren hat wie Anna. Aber weil man ja bekanntlich alles tun soll, was große Brüder sagen, und weil sowieso immer jeder tut, was mein Bruder sagt, gehen wir in Position und nicken einander noch einmal verschwörerisch zu, bevor mein Bruder als Startschuss einmal kräftig in den Olifanten bläst. Das ist zwar unsagbar überflüssig, verleiht der Aktion aber die Albernheit, die sie verdient.

Dann tun wir, was mein Bruder uns aufgetragen hat. Ulf zieht grummelnd ab, um ein wenig Proviant und die beiden Hunde von zuhause zu holen. Anna, Rüdiger und ich bleiben im Gang stehen und versuchen, unauffällig auszusehen. Und mein Bruder geht geradewegs auf die Psycho-Krankenschwester mit dem stählernen Lächeln zu und wechselt ein paar Worte mit ihr. Sie fängt an, erschreckend mädchenhaft zu kichern, wobei ich sicher bin, ihr kräftiges Gebiss klappern zu hören. Dann verschwinden die beiden in einer Art Abstellkammer. Mein Bruder muss Anna wirklich mögen. Wenig später kommen sie wieder heraus, wobei mein Bruder eine Klapptrage in den Händen hält und die kichernde Schwester sich eine Strähne aus dem knallroten Gesicht streicht. Anna blickt schnell zu Boden, als sie die beiden sieht. Mein Bruder räuspert sich verlegen, während die Krankenschwester mit glühenden Wangen in Richtung Empfang verschwindet. Rüdiger und ich gucken beeindruckt, weil der Plan bisher so gut funktioniert hat. Damit ist unsere Aufgabe erfüllt.

Als wir in Pallaschs glücklicherweise im Erdgeschoss liegendes Zimmer zurückkehren, klopft Ulf von außen an das Fenster und bedeutet uns mit wildem Händegefuchtel, dass wir uns beeilen sollen. Dann zeigt er grinsend auf einen alten Ford Fiesta, der ein paar Meter hinter ihm steht und von dessen Fahrersitz uns fröhlich und offensichtlich sehr betrunken unser alter Grieche Klaus zuprostet.

»Ach du Scheiße«, sage ich, doch mein Bruder und Anna sind schon dabei, die Trage aufzuklappen.

»Sagt mal«, frage ich, »meint ihr nicht, dass das jemand merkt, wenn wir ihn von den ganzen Monitoren und so trennen?«

Mein Bruder hebt kurz den Kopf.

»Stimmt«, sagt er. »Du könntest die Tür verbarrikadieren.«

Jetzt bin ich mir sicher, dass er den Verstand verloren hat. Trotzdem tue ich, was er sagt. Auf dem einen Arm trage ich noch immer Rüdiger, und mit dem anderen klemme ich einen Stuhl unter die Türklinke.

»Mach schon mal das Fenster auf«, sagt mein Bruder, als die Trage aufgeklappt daliegt. Ich tue wieder, wie mir geheißen, und zehn Minuten später sitzen wir tatsächlich in dem klapprigen Wagen, den Klaus nun in gefährlichen Schlenkern vom Krankenhausgelände steuert. Wir haben Pallasch von seinen medizinischen Geräten gerupft und durchs Fenster gewuchtet, die Rückbank des Fords umgeklappt und Pallasch auf seiner Trage durch den Kofferraum geschoben. Jetzt sitzen wir – Rüdiger und die beiden Hunde mitgezählt – zu neunt in dem Auto. Das geht eigentlich gar nicht. Wir fahren trotzdem. Klaus steuert, ich sitze auf Ulfs Schoß auf dem Beifahrersitz und halte Rüdiger auf dem Arm, zu unseren Füßen quetscht sich mein Hund, während der andere Hund auf dem Schoß meines Bruders sitzt, der sich wiederum hinter den Fahrersitz geklemmt hat und vergeblich versucht, Anna nicht zuleibe zu rücken, die sich mangels Alternativen einfach in ihrem Burgfräuleinkostüm zu Pallasch auf die Trage gelegt hat. Und als wäre uns das Ganze sonst zu ungefährlich, haben wir die Kofferraumklappe weit offen stehen lassen, weil die Trage viel zu lang für das Auto ist.

»Hat Klaus eigentlich einen Führerschein?«, frage ich Ulf leise.

»Keine Ahnung«, sagt er unbekümmert. »Immer wenn ich das Thema anspreche, fängt er an zu kichern.«

Ich schließe die Augen und versuche, nicht darüber nachzudenken, was alles passieren könnte. Stattdessen drehe ich mich, so gut es eben geht, zu Anna um.

»Und wo genau fahren wir jetzt hin?«, frage ich.

Anna denkt kurz nach. »Erst mal ans Meer«, sagt sie. »Dann sehen wir weiter.«

Wir fahren also nach Norden. Entgegen all meinen Erwartungen verläuft der erste Teil unserer Reise nahezu harmonisch. Die Hunde hecheln, Klaus kichert, und Rüdiger guckt mit großen Augen die vorbeirasende Welt an. Währenddessen sucht Anna auf ihrem Telefon nach verlassenen Leuchttürmen. Wir wären wahrscheinlich problemlos bis an unser Ziel gekommen, doch zwei Kilometer vor der Küste reißt Klaus plötzlich das Steuer nach rechts, tritt das Gaspedal durch und rast auf die Leitplanke zu. Kurz denke ich, nun habe sich seine unter seinem Gekichere verborgene Todessehnsucht entfaltet und er wolle uns alle umbringen. Doch in letzter Sekunde macht Klaus eine Vollbremsung, weil er offenbar endlich die Bremse gefunden hat. Wir schlittern ein bisschen an der Leitplanke entlang und bleiben schließlich stehen, die Gesichter zu Achterbahnfratzen verzerrt und den Geschmack des nahen Tods in den Mündern. Nur Klaus scheint ein nach seinem Empfinden völlig normales Einparkmanöver hingelegt zu haben.

»Ich muss mal Pipi«, sagt er und steigt aus dem Auto.

Stumm sehen wir ihm dabei zu, wie er um den Wagen herumläuft, die vorbeirasenden und hupenden Autos ignorierend, und sich mit gerunzelter Stirn die Rippen hält. Sofort muss ich an meinen Vater denken. Ein bisschen ist Klaus wie eine fröhliche Version meines Vaters.

Klaus' Geschichte

Klaus konnte nicht vieles. Das wusste er, und das wusste jeder, der ihm zwei Minuten lang bei egal welcher Tätigkeit zusah. Gab man ihm Hammer und Nagel, steckten kurz darauf der Hammer in der Wand und der Nagel in seinem Finger. Gab man ihm ein Instrument, fielen im Umkreis von dreißig Metern die Vögel von den Ästen. Lag er mit einer Frau im Bett, quietschten Bett und Frau in ähnlich erbärmlicher Stimmlage. Er war der vielleicht talentfreieste Mensch, der je auf diese Welt losgelassen wurde.

Nur eines konnte er: damit umgehen. Das Schicksal war immerhin so gnädig gewesen, ihm zu seinem Mangel an Talent einen entsprechenden Mangel an Ehrgeiz zu bescheren. Deshalb pflegte Klaus, wenn ihm wieder einmal etwas misslang, unbekümmert in sich hinein zu kichern und den Hammer, das Instrument oder die Frau – was immer er gerade in der Hand hielt – jemandem zu überreichen, der besser damit umgehen konnte. Da dies auf so ziemlich jeden zutraf, fand sich stets jemand, der Klaus half.

So plagten ihn kaum Sorgen. Die Verantwortung, die er trug, ging bequem als Handgepäck durch, und noch nicht einmal die Einsamkeit sah ihn als würdige Beute. Er begegnete einer Frau, die seine handwerklichen, sozialen, sexuellen, beruflichen und beizeiten auch moralischen Fauxpas liebenswert fand, und zog mit ihr in eine Einraumwohnung. Mehr brauchten sie nicht, denn Klaus wusste ohnehin nicht, was er in einem Wohnzimmer sollte, in dem es keine Bar gab. Den Großteil seiner Zeit verbrachte er an Orten, an denen er keine Miete, sondern nur seinen Wein bezahlen musste. Darüber hinaus hatte Klaus nämlich auch wenig Ambition, sonderlich lange oder gesund zu leben. Er trank also nicht aus Frust, sondern weil er gerne trank. Und weil ihn die Konsequenzen nicht kümmerten.

Leider hielt sich auch sein Talent als Trinker in Grenzen. Wappneten sich normale Körper nach einer Weile gegen hohen Alkoholeinfluss, so erschrak seine Leber jedes Mal aufs Neue, wenn ihr eine Flasche Wein auf den Kopf fiel. Klaus vertrug nichts, so sehr er auch trainierte. Und so kam es, dass er hin und wieder seine selbst erkorenen Wohnzimmer verließ, ohne zu bezahlen. Er wankte dann nach Hause und wunderte sich, wenn am nächsten Tag die Polizei vor der Tür stand. Und es wäre gelogen zu sagen, dass er sich freute. Die Polizei hatte einen unerklärlichen Drang, zu verlangen, dass man alles richtig machte. Aber wenn Klaus etwas am wenigsten konnte, dann, alles richtig zu machen.

Inzwischen steht Klaus zehn Meter weiter und pinkelt in hohem Bogen ins Gebüsch.

»Lass uns auch mal aussteigen«, sagt Ulf. »Ich halt's hier drin nicht mehr aus.«

Also entknoten wir all unsere Gliedmaßen und ploppen dann aus dem Wagen auf den Standstreifen. Sogar Pallasch legen wir auf dem Asphalt ab, damit er kurz durchatmen kann. Erschöpft setzen wir uns auf die brütend heiße Straße und strecken zum ersten Mal seit Stunden Arme und Beine aus. Die Nachmittagssonne brennt, und die Flut an Autos macht einen Höllenlärm. Trotzdem ist es hier tausendmal besser als in dem engen Ford Fiesta. Anna nimmt mir Rüdiger ab und gibt ihm etwas zu trinken. Die beiden Hunde stürmen ins Gebüsch. Wenn sie nur einen Funken Verstand besitzen, kommen sie nicht wieder.

Plötzlich hören wir Sirenen. Klaus, der während seiner Todesfahrt die Ruhe selbst war, springt panisch in die Luft, macht seinen Reißverschluss zu und brüllt: »Die Bullen kommen! Lauft! Lauft um euer Leben!«

So übertrieben seine Reaktion sein mag: Das mit dem Laufen ist wahrscheinlich keine schlechte Idee. Immerhin picknicken wir gerade auf einem Autobahnstandstreifen mit einem betrunkenen Fahrer und einem geklauten Komapatienten. Wir packen also unseren Kram zusammen, Anna nimmt Rüdiger auf den Arm, und mein Bruder und Ulf greifen sich die Trage mit Pallasch, dann schlagen wir uns ins Gebüsch, kraxeln einen Abhang hinunter und laufen schließlich über freies Feld, wo sich die beiden Hunde wieder zu uns gesellen. Nur Klaus bleibt bei seinem Wagen.

»Ich halte sie auf!«, höre ich ihn noch rufen. »Lasst mich zurück! Ohne mich könnt ihr es schaffen!«

Wenn er denn meint, denke ich. Er hätte auch einfach mitkommen können. Allerdings besteht die, wenngleich kleine Möglichkeit, dass es tatsächlich sein Auto ist, das da mit der Leitplanke kuschelt. Vielleicht ist es also ganz gut, wenn er bei ihm bleibt.

Als wir uns endlich dem Strand nähern, beugt sich der Nachmittag langsam dem Abend. Verschwitzt und erschöpft schleppen wir uns vorwärts. Wir sind schon eine lustige Prozession, wie wir da durch die Dünen stolpern. Zwei Männer, zwei Hunde, ein Pallasch, eine Trage, ein Kind, ein Burgfräulein und ich kämpfen uns durch den Sand in Richtung Meer.

»Hast du keine Angst«, frage ich Anna, während wir einen kleinen Hang hinabklettern, »wie das werden könnte, wenn Pallasch wirklich aufwacht? Mit Rüdiger, meine ich.«

Anna rappelt sich am Fuß des Hangs auf und klopft den Sand aus den Klamotten ihres Sohnes. Dann legt sie mir im Weitergehen einen Arm um die Schulter. »Frag nicht so doof«, sagt sie und klingt dabei fast nach ihrem alten Selbst, »ich hab vor gar nichts Angst.«

Wahrscheinlich stimmt das sogar. Ich muss grinsen. Anna dreht sich zu den anderen um, die gerade mit der Trage den Hang runterschlittern, und ruft: »Dahinten ist er!«

Sie deutet auf einen malerisch in der Abendsonne schimmernden Leuchtturm. So verrückt sie momentan auch sein mag, einen schöneren Ort hätte sie sich kaum aussuchen können, um ihren Wahn auszuleben. Ich habe das Gefühl, in eine Postkarte zu laufen. Das Meer verliert sich in einem diffusen Blau und geht fließend in den Himmel über, der Leuchtturm ragt aus den Dünen wie eine kleine Festung, und die beiden Hunde rennen voraus und verschwinden in einer aufstiebenden Sandwolke.

»Und nu?«, fragt Ulf, als er mit meinem Bruder die Trage im Sand ablegt.

»Wir müssen da rein«, sagt Anna.

»In den Leuchtturm?«

Anna nickt. »Am besten ganz nach oben.«

»Na«, murmele ich meinem Bruder zu, »bist du immer noch so überzeugt von deiner Idee?«

»Nur Geduld«, sagt er, wischt sich den Schweiß von der Stirn und bückt sich, um die Trage wieder hochzuheben. Die letzten Meter bis zum Turm sind die beschwerlichsten, weil es nun überhaupt keinen Pfad mehr gibt. Zweimal fällt Pallasch von der Trage in den Sand, was Anna, die schon vorgelaufen ist, um das Türschloss zu knacken, zum Glück nicht mitbekommt.

Von innen ist der Leuchtturm weit weniger eindrucksvoll als von außen. Er ist dunkel und eng, und die Treppe, die sich nach oben windet, sieht aus, als könne und wolle sie für nichts garantieren. Während wir anderen unentschlossen am Fuß der Treppe stehen bleiben, steigt Anna mit Rüdiger auf dem Arm ohne zu zögern die Stufen hoch. »Nun kommt schon!«, ruft sie von oben. Mein Bruder und Ulf wechseln einen resignierten Blick, dann heben sie Pallasch von der Trage und hieven ihn wie einen riesigen Sack Kartoffeln die enge Treppe empor. Ich klemme mir die Trage unter den Arm und folge ihnen.

Alles an diesem Ort scheint zu knacken und zu knirschen. Die Stufen unter meinen Füßen, die Wände, sogar meine Glieder passen sich der Umgebung an, ich fühle mich plötzlich sehr alt. Mit jeder Stufe, die ich hochsteige, altere ich um ein Jahr. Meine Hände werden knittrig und rau, meine Beine müde, und als ich oben ankomme, sehe ich dort vier Greise, die mir vage bekannt vorkommen. Ulf hat einen langen Bart, die Grübchen meines Bruders sind von Falten gesäumt, und Annas Haar schimmert silbrig-weiß. Sogar Rüdiger, obschon noch ein Kind, wirkt irgendwie besonnen und abgeklärt. Nur Pallasch sieht aus wie zuvor. Aber der ist ja sowieso ein alter Sack.

In der faden Wirklichkeit sehen wir natürlich alle aus wie immer und sind nur um die paar Minuten gealtert, die uns der Aufstieg gekostet hat. Aber ich finde, als alte Menschen würden wir besser an diesen Ort passen. Zwar ist der obere Raum des Leuchtturms ebenso karg wie der Rest, doch er bietet einen beeindruckenden Ausblick. Von hier aus ist die ganze Welt blau.

Als wir Pallasch wieder auf seine Trage gebettet haben, hockt sich Anna neben ihn auf den Boden, setzt das Elfenbeinhorn an ihre Lippen und bläst hinein. Wie erwartet, rührt sich Pallasch nicht, doch Anna lässt sich nicht beirren. Stundenlang trötet sie ihm ins Ohr und sieht dabei so hoffnungsvoll aus, dass ich es noch nicht einmal über mich bringe, sie auszulachen. Eigentlich gibt sie sogar ein ganz hübsches Bild ab mit ihrem Kostüm in diesem Turm und mit ihrer mittelalterlichen Trillerpfeife. Ich frage mich nur, ob unser Plan aufgehen und sie nach dieser Aktion wieder zu Verstand kommen wird, oder ob sie sich dann irgendeinen anderen Unsinn von ihrer Sekte einreden lässt. Vielleicht soll sie ja als Nächstes mit einem ganzen Olifanten-Orchester aufkreuzen.

Mit jedem Atemzug bläst Anna stärker in ihr Horn, und mit jedem Atemzug klingt es mehr wie das Horn von Gondor. Fast sehnsüchtig beginne ich auf die Verstärkung im Kampf um Mittelerde zu hoffen, bis mir wieder einfällt, dass wir das ganze Theater gar nicht für Sauron, sondern für Pallasch veranstalten. Ich widerstehe dem Drang, Anna das blöde Horn aus der Hand zu schlagen, und warte geduldig, bis ihr die Puste ausgeht. Schließlich lässt sie die Hände sinken und bleibt stumm neben dem reglos daliegenden Pallasch sitzen.

»Tja, das war überraschend«, sagt mein Bruder.

»Dabei haben wir alle so fest daran geglaubt«, sagt Ulf.

»Lasst uns nach Hause gehen«, sage ich.

Anna nickt. Sie hebt Rüdiger vom Boden auf und wirft Pallasch einen traurigen Blick zu.

»Gebt mir noch zwei Minuten allein mit ihm«, sagt sie.

Also klettern wir Übrigen die vielen Leuchtturmstufen hinunter und lauschen von draußen Annas letztem Versuch, dem Elfenbeinhorn den einen Ton zu entlocken, der Pallasch aufwachen lässt.

Mein Bruder lehnt sich gegen den Turm und wartet, doch Ulf und ich klettern zum Strand hinunter und setzen uns in den Sand. Gerade will ich meinen Kopf an Ulfs Schulter legen, da lässt uns plötzlich ein kehliger Kriegsschrei hochfahren. Klaus sprintet an uns vorbei, lässt sich in den Sand fallen und wedelt auf dem Rücken liegend mit Armen und Beinen, so dass ein Engel-Abdruck im Sand entsteht. Ich gucke Ulf an und hebe die Augenbrauen. Er sieht aus, als stelle er sich dieselbe Frage wie ich mir: Wie hat Klaus uns gefunden? Wahrscheinlich ist er einfach dem Horn von Gondor gefolgt. Das erklärt zwar noch nicht, wie er sich aus den Fängen der Polizei befreien konnte, aber eigentlich will ich es gar nicht so genau wissen. Ich beobachte Klaus, der nun still auf dem Rücken liegt und mit seligem Grinsen die Wolken anhimmelt. Dann nehme ich meine To-do-Liste und mache ein Häkchen neben »glücklichen Menschen über fünfzig finden«.

Ich schaue mir die Liste an. Jetzt ist sie vollständig abgehakt und somit ihrer Funktion beraubt worden. Sie ist tot. Nur noch ein bedeutungsloses Stück Papier. Doch die ganzen Häkchen geben mir das Gefühl, sehr fleißig gewesen zu sein. Ich habe mir Ziele gesteckt und sie erreicht. Das habe ich gut gemacht. Ich bin ein funktionierendes Mitglied unserer Gesellschaft.

So sieht also das Leben am unteren Ende einer To-do-Liste aus. Jetzt kann ich ruhigen Gewissens sterben. Oder erwachsen werden. Oder eine neue Liste schreiben. Ich entscheide mich vorerst für eine vierte Möglichkeit: Ich beschließe, den Rest des Tages gar nichts mehr zu tun. Sorgfältig falte ich die Liste zusammen, stecke sie ein und sehe dann den beiden Hunden dabei zu, wie sie die Wellen anbellen. Der Wind zerzaust ihnen das Fell und uns die Haare, der Klang des Horns weht über unsere Köpfe aufs offene Meer hinaus, und die untergehende Sonne legt uns Sepia-Filter über die Augen. Der dreibeinige Hund ist rostrot, und mein Hund ist schwarz-golden gepunktet. Es gibt schlimmere Orte, an denen man seine letzte Hoffnung lassen kann, denke ich und finde meinen inneren Dichter zugleich sehr kitschig und sehr weise.

»Ich glaub, ich muss kotzen«, sage ich.

»Ach komm«, sagt Ulf. »Kannst du die Szene nicht einfach mal romantisch finden?«

»Nein, im Ernst. Ich muss …« Hastig stolpere ich auf die Beine, laufe ein Stück weg und übergebe mich in die Dünen. Als ich wiederkomme, guckt Ulf mich nicht etwa angeekelt oder mitleidig an, sondern voll glühender Begeisterung.

»Was ist los?«, frage ich.

»Nichts, nichts«, sagt er grinsend und legt mir einen Arm um die Schulter. »Aber findest du Billy wirklich so einen schlimmen Namen?«

Tausend Dank an:

Daniel, meine Mutter, Pascal, Feli, Karsten, Gerburg,
Marc-Uwe, Elis, Sebastian, Leif

Hörbuch

Die ungekürzte Hörbuch-Ausgabe von »Mein schönstes Ferienbegräbnis«, vorgelesen von Sarah Bosetti selbst, gibt es als MP3-Download in allen gängigen Audio-Shops!

Hörproben

Kapitel 1
http://www.voland-quist.de/downloads/bosetti/ferienbegraebnishoerprobe1.mp3

Kapitel 3
http://www.voland-quist.de/downloads/bosetti/ferienbegraebnishoerprobe2.mp3